オペラ対訳
ライブラリー

MOZART
Così
fan
tutte

モーツァルト

コシ・ファン・トゥッテ

改訂新版

小瀬村幸子＝訳

音楽之友社

本シリーズは、従来のオペラ対訳の、原テキストを左に、日本語訳を右に配した組み方とは異なり、原文と日本語訳を上下に配した組み方を採用しています。実際にオペラを聴きながら原文と日本語訳を同時に追うことができ、また原文の意味をすぐ下の日本語訳で容易に探すことができるようにしてあります。それによって作曲家が、それぞれの言葉にどのような音楽を付していったかを感じとることができるよう試みました。また本巻の訳文は、原文を伴う訳文という観点から、原文と訳文が対応していくよう努めて逐語訳にしてあります。その結果、日本語としての自然な語順を欠く箇所もありますが、ご了承ください。

目次

主要人物登場場面一覧

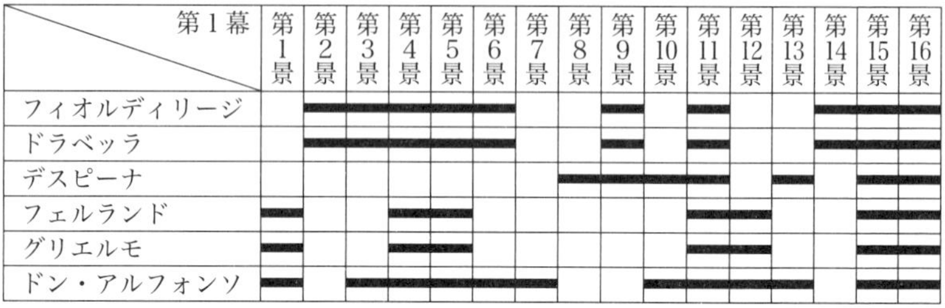
第１幕
第1景
第2景
第3景
第4景
第5景
第6景
第7景
第8景
第9景
第10景
第11景
第12景
第13景
第14景
第15景
第16景
フィオルディリージ
ドラベッラ
デスピーナ
フェルランド
グリエルモ
ドン・アルフォンソ

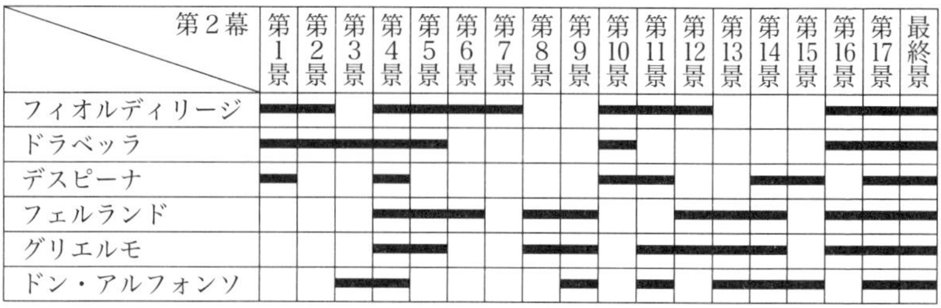
第２幕
第1景
第2景
第3景
第4景
第5景
第6景
第7景
第8景
第9景
第10景
第11景
第12景
第13景
第14景
第15景
第16景
第17景
最終景
フィオルディリージ
ドラベッラ
デスピーナ
フェルランド
グリエルモ
ドン・アルフォンソ

あらすじ

第1幕

ある日、ナポリのとあるコーヒー店で、若き士官のフェルランドとグリエルモ、初老の知恵者ドン・アルフォンソの３人が話に花を咲かせている。話題は女の節操におよんでいるらしい。ドン・アルフォンソが女の操など危い限りと主張するのに対し、許婚を信じきっている若い二人は決闘を申し込むほどの怒りよう。どちらが正しいか賭をすることになる、それにはドン・アルフォンソが女性陣を試す計画を立て、士官たちがそれに従うことにしようと。若い二人はすでに戦勝気分で、ドン・アルフォンソは世の常どおりの結末を予想しつつ、計画実行を誓い合う。

場面は変わって海辺の庭。フィオルディリージとドラベッラの姉妹が許婚の絵姿が入ったロケットを眺めながら、ただもう幸せに、これほど魅惑的な相手に恵まれたら心変わりなんてありえない、と語り合っている。結婚も近そうとの手相。そこへ待ちわびる許婚ではなく、ドン・アルフォンソが現れる。彼は口ごもりながら、酷い運命よ、彼女たちの許婚が王命で即刻戦地へ赴くことになったと告げる。旅支度で姿を見せたフェルランドとグリエルモに姉妹はとりすがり、死なんばかりに悲しむ。これぞ彼女たちの真心の表れと喜ぶ若い二人、いや、まだ序の口とドン・アルフォンソ。恋人同士は尽きない別れを惜しむが、太鼓と兵士たちの合唱が聞こえ、いよいよ出立の時が……。泣き泣き自分への一途な思いを守ってと求める姉妹、それを優しく慰める許婚、大袈裟な愁嘆場に腹を抱えて笑うドン・アルフォンソ。再び合唱が始まり、若い二人は船出してゆく。姉妹はただ茫然と海辺にたたずむ。そんな彼女たちをドン・アルフォンソはうながし、三人で許婚の、そして友人の無事を祈る。あとに残った彼は計画を次の段階に進めようとするが、操堅固に見える女ほど落ちやすいもの、若い男どもは哀れなことになるだろうと先を見る。

姉妹の家の室内。デスピーナが小間使いの身分なんて間尺に合わないとこぼしながら、主人の姉妹のためにココアの用意をしている。そこへ大荒れの様子の彼女たちが登場、幸せな恋が一転、悲惨なことになったと、特にドラベッラは大変な剣幕。事情を聞き出したデスピーナは、どうせ男なんて見せかけばかり、真心なんてありはしない、留守になったのを幸い、女の側も楽しむべきと自論を展開、姉妹は怒って立ち去る。デスピーナも自室へさがる。そこへドン・アルフォンソが現れ、世事に長けて頭の回転のよいデスピーナを味方につけるのが得策と考え、彼女を訪れて金貨で籠絡する。そして彼女の同意のもと、姉妹の恋の遊びにと今やアルバニア人に変装したフェルランドとグリエルモを招き入れる。デスピーナは彼らの正体に気づかない。一安心のドン・アルフォンソが去ると、姉妹が現れ、不審な男たちを目にして非難するが、彼らは彼女たちの崇拝者だといきなり求愛する。姉妹は清らかな愛が汚されると激怒。そこへドン・アルフォンソが現れ、二人の男は彼の旧友ということになる。そしてドン・アルフォンソのとりなしもあり、再び求愛が始まるが、姉妹は拒絶、フィオルディリージは自分の愛が揺るぎないことを明言する。それにもおかまいなしの求愛者たちは姉妹にとりすがり、グリエルモは自己宣伝に努める。ますます傷ついた姉妹は立ち去ってしまう。そんな姿にフェルランドとグリエルモは意気揚々と高笑い、それをドン・アルフォンソがたしなめ、最終結果はまだまだと次なる試みを示唆する。それでも恋人の真心に疑いの余地などない二人、とりわけフェルランドは……。若い二人が退場すると、ドン・アルフォンソはデスピーナをさらに利用して作戦展開を計ろうとし、彼女の方もいよいよ乗り気になる。

庭で姉妹が相変わらず運命の変転を嘆いている。するとさっきの二人の異国人がけたたましく登場、実らぬ恋の辛さに耐えられないと毒をあおって倒れる。ドン・アルフォンソとデスピーナは姉妹に介抱をうながし、医者を呼びに出ていく。残された二人は少しばかり同情を感じ、異国人に近づいて容態をさぐる。そうこうするうちデスピーナが医者に変装して登場、姉妹を煙に巻き、彼女たちに手伝わせて磁石治療なるものをほどこす。すると気を失っていた異国人たちは起き上がる。そしてまた求愛、ついに口づけまでも求める。姉妹はあまりの不躾に怒りを爆発させる。その様子を喜びながらふと不安の影を感じる若い二人の士官、今はこんな女たちもきっと落ちるとおかしがるドン・アルフォンソとデスピーナ、それぞれの思いを胸に四人は茶番劇に興じる。

第2幕

第1幕と同じ室内。デスピーナが姉妹に、女たるもの、男を相手にしてどうすべきか話しているらしい。それでもあれこれ理由をならべてなかなかその気にならない姉妹をもどかしがり、女も年頃になれば利口にお楽しみなさいと告げて立ち去る。ふたりは小間使いの入れ知恵を非難するものの、心は動揺し始め、とうとうドラベッラはグリエルモに興味があることを認め、フィオルディリージもフィオルディリージで、だったらわたしはフェルランドとちょっとだけと言いだす。そこへドン・アルフォンソが海辺の集いへと誘いにくる。

場面は華やかに集いの用意がされた海辺の庭。ドン・アルフォンソに連れられて姉妹が登場し、浜の小舟では楽士と合唱も交えて異国人姿のフェルランドとグリエルモが切ない思いを愛(いと)しの彼女へと歌う。あらためて向き合った姉妹と二人の異国人。どぎまぎして言葉も出ない振りをする二人を、ドン・アルフォンソはデスピーナにも手伝わせて姉妹と和解させることに成功する。そこでグリエルモとドラベッラ、フェルランドとフィオルディリージのカップルを残して全員退場、二組はぎこちないながら散歩を始める。ほどなく、グリエルモ組は、彼の巧みなリードでドラベッラの気持ちを誘い、恋人の絵姿を外させ、自分の贈物と取り替えさせてしまう。一方フェルランド組は、フィオルディリージの気持ちがなびいたかに見えるが、彼女は最後に踏みとどまる。そして一人になり、恋人に許しを乞い、あらためて彼への変わらぬ愛を誓う。

ここで士官二人はそれぞれの成果を報告、グリエルモはフィオルディリージの貞節を知って喜び、一方フェルランドはドラベッラの心変わりを知らされて驚き、怒る。それに和してグリエルモは、女とは男がいくらつくしても不実な生き物となじる。一人になったフェルランドは、怒りながらも、やはり相手への思いを断ち切れない自分に気づく。そこへグリエルモとともに現れたドン・アルフォンソは、戦勝気分のグリエルモも落胆するフェルランドもここで結論を出すのはまだ早い、まだ一晩さらなる試みをと告げる。

場面はまた室内。ドラベッラが、すでにためらうことなく、心変わりをデスピーナに語っている。フィオルディリージもやってきて、実は異国人に魅せられていると告白、するとデスピーナはお二人とも悩んでなどいないで恋心のままになさいと……。フィオルディリージは、それでも誘惑に屈すまいと、あれこれ思いをめぐらす。そして男装して、ドラベッラと連れ立って、許婚に会いに戦場まで行こうと決心する。そこへフェルランドが登場、叶わぬ恋ならいっそ殺してほしいと剣を差し出す。その姿にとうとうフィオルディリージも折れ、二人は抱き合う。今度はその様子を陰から見ていたグリエルモが激怒、彼女をたっぷり懲らしめてやるといきまく。すると経験豊かな智恵者のドン・アルフォンソが二人の男を諭(さと)す、ともあれ許婚を愛しているのだろう、ならばもとの鞘に収まって結婚することだ、女はみんなこうするもの(コシ・ファン・トゥッテ)なのだからと。さて、そのための方策は……。そこへデスピーナが姉妹の結婚承諾の報をもたらす。

結婚式を行なうための広間。デスピーナとドン・アルフォンソの采配で立派に式の準備がととのい、祝福の声が響くなか、二組の新郎新婦が入場する。四人は乾杯、過去は忘れて幸せにと祝ううち、デスピーナが変装した公証人も到着し、結婚契約書に姉妹がサインする。そのとき、聞き覚えのある合唱が聞こえてくる。なんと許婚たちが帰還……。大混乱のうちに姉妹は新郎を、ドン・アルフォンソは公証人を別室へ隠し、戦々恐々、許婚を待つ。

ほどなく士官姿にもどったフェルランドとグリエルモが登場、帰還の喜びを口にするが、姉妹は生きた心地もない。そうこうするうちに公証人が見つかり、さらに結婚契約書も……。裏切りを知った二人は流血も辞さないと激怒、姉妹は非を悔いているとひたすら許しを乞う。と、ドン・アルフォンソはさっき異国人たちが隠れた部屋を指さす。士官二人はその中へ……。出てきたのは、アルバニア人の衣装をつけたフェルランドとグリエルモ……。二人はびっくり仰天している姉妹とデスピーナに種明かしをする。それを受けてドン・アルフォンソは二組の許婚に語ってきかせる、すべてが分かった今、新たな愛の信頼関係のもとに手を取り合うようにと。姉妹は士官に愛と貞節を約束し、士官たちはその言葉を信じることにする。そしてドン・アルフォンソの教える人生訓をフィオルディリージとグリエルモ、ドラベッラとフェルランド、それにデスピーナとドン・アルフォンソの全員が和して、歌いあげる。

コシ*・ファン・トゥッテ
COSÌ FAN TUTTE

あるいは

o sia

恋人たちの学校
LA SCUOLA DEGLI AMANTI

２幕のドランマ・ジョコーソ

Dramma giocoso in due atti

音楽＝ヴォルフガング・アマデウス・モーツァルト

Wolfgang Amadeus Mozart（1756-1791）

台本＝ロレンツォ・ダ・ポンテ

Lorenzo da Ponte（1749-1838）

初演＝1790年１月26日、ウィーン、ブルク劇場

リブレット＝総譜のテキストに基づく

＊　オペラのタイトルは原題“Così fan tutte”をカナ書きにしたものであるが、così の発音について、ここに見る“s”が清音[s]であるか濁音[z]であるか問題がある。この対訳書では“コシ”と清音にしたが――シに関しては、[si]の原音をカナに移すのは例え“スィ”等でも叶うことではなく、便宜上の策として“シ”を充てることにした――、それは伝統と権威があると評価される辞書(Migliorini、Zingarelli、Sabatini ／ Coletti 等々)や発音辞典(DOP 等)や語源辞典の発音についての記述では、così は“清音[s]”とあるためである。大まかに考えれば、così の語源はラテン語の“eccum sic”で、sic の“s”は清音[s]でしかあり得ない、ということになる。が、実際に使われるイタリア語の発音ではどうかとなると、発音学の論理とは別に、慣習やら地域による差異などから濁音[z]で発音されることがあったし、またある。特に北イタリア、それと声楽の世界の口伝ではむしろ濁音の方が主流と言える。こうした実際の発音の情況を重視するカネパーリ L. Canepari 編の発音辞典 DiPI では濁音、清音を同等に扱っている。また先に挙げた辞書のいくつかの最新版では、濁音もありと[z]を認める記述が見られる。

登場人物および舞台設定

フィオルディリージ FIORDILIGI……………………………………… ソプラノ[*1]

ドラベッラ DORABELLA………………………………………………… ソプラノ

フェルラーラ出身[*2]の淑女にして姉妹、ナポリ在住 dame ferraresi e sorelle abitanti in Napoli

グリエルモ GUGLIELMO………………………………………………… バス

フェルランド FERRANDO ……………………………………………… テノール

上記の人物たちの恋人 amanti delle medesime

デスピーナ DESPINA ………………………………………………… ソプラノ

小間使い cameriera

ドン・アルフォンソ DON ALFONSO……………………………………… バス

老哲学者[*3] vecchio filosofo

合唱（兵士たちの合唱 Coro di soldati／召使たちの合唱 Coro di servi／水夫たちの合唱 Coro di marinai）

舞台はナポリとする La scena si finge in Napoli.

＊1　モーツァルトの楽譜には登場人物の声域指定は明記されていないが、この対訳のテキストの基底としたモーツァルト新全集のベーレンライター版は、当時の声域に関する慣習に従って記されている。ここに見る声域表記はそれに依った。現代の声域区分では、フィオルディリージとデスピーナはソプラノ、ドラベッラはメゾ・ソプラノ、フェルランドはテノール、グリエルモはバリトン、ドン・アルフォンソはバスとされる。

＊2　なぜフェルラーラ出身か。オペラ初演のフィオルディリージ役を担うことになる、そして同じモーツァルト／ダ・ポンテによる《フィガロの結婚》の1789年夏のウィーン公演でスザンナを演奏した、当時、大人気の歌手がフェルラーラ生まれであったからであろうか。彼女は本名のほかにラ・フェルラレーセ＝フェルラーラの女(ひと)と、愛称で親しまれており、ダ・ポンテとは個人的にも親しい関係にあったことが知られている。初演のドラベッラ役はラ・フェルラレーセの実妹で、実の姉妹が姉妹役を受け持ったことになる。

＊3　filosofo を“哲学者”としたが、この語は必ずしも“哲学を学問として研究する学者”の意ばかりでなく、“知恵と経験から独自の人生観を身につけた人”、広い意味の“賢人、哲人”でもあるとお考えいただきたい。

第1幕

ATTO PRIMO

OUVERTURA
序曲

ATTO I*1
第1幕

Bottega di caffè*2
コーヒー店

SCENA I　第1景

Ferrando, Guglielmo, Don Alfonso.*3
フェルランド、グリエルモ、ドン・アルフォンソ

＊1　この対訳のテキストは、モーツァルト新全集のベーレンライター版楽譜(2006年批判校訂版の2013年再改訂補筆4刷)の歌詞を基底としてイタリア語詩の韻律と詩節に依って詩行を作成したものである。楽譜に見るテキストが実際に演奏されるオペラの歌詞であるので、オペラを演奏される方々にとっても、観賞される方々にとっても、より実用の役に立つであろうとの考えからであった。しかしダ・ポンテの書き起こした台本がそもそもの始めであるので、それもこのテキストをお使いいただく諸姉諸兄にお知らせしておきたいと、対訳者としては望まれる(A.モンダドーリ Mondadori 社刊の『イタリア・オペラ台本集』中のテキスト、リコルディ Ricordi 社刊のテキストはダ・ポンテの台本のものである)。またモーツァルトの手稿総譜にはダ・ポンテの台本ともモーツァルト新全集のものとも異なる詩句、ト書、書き込みがあるという。そこでこの対訳書では、ダ・ポンテの台本中、あるいはモーツァルトの手稿総譜中にベーレンライター版と異なる詩句、ト書等がある箇所は、そう多くはないが、それを註として記すことにしたい。ダ・ポンテの台本は1790年のオペラ初演時に出版されたもの、モーツァルトの手稿は1883年ブライトコプフ & ヘルテル Breitkopf & Härtel 社刊の総譜に依るが、これは、総譜のコピーをこのオペラ対訳旧版作成時にモーツァルト学者であられる海老澤敏氏がご貸与くださったことで参照可能となったのだった。改訂新版出版にあたり、改めて感謝の念の深まるのをしみじみと感じる。なお脚註でモーツァルト手稿総譜を、ダ・ポンテの台本を、ベーレンライター版を示すのに、それぞれ(M手)、(DP 台)、(Bä 版) を略号として使いたい。
＊2　各景の舞台設定については、(M手)は必ずしも(DP 台)に基づいた書き入れがなされておらず、一部欠、あるいは全面的に無し、表現の差異といった箇所が見られる。そうした場合はそれを註としたい。ここでの設定記述は(DP 台)も(M手)も違いはない。
　さて、このドラマが展開する土地は、このオペラが初演された当時にオペラ・ブッファの中心地といえるナポリ。幕開けの舞台はコーヒー店。東方から伝わったコーヒーが、貴族たちの館やサロンで特権的に嗜まれていたのが、社会で大きな力を持つようになった市民(ブルジョワ)階層の飲み物となり、それを専門店で楽しむ風習が定着していく。いちはやくそんな情況を作品にしたのはゴルドーニ C. Goldoni で、コーヒー店で出会う人たちが繰り広げる喜劇、その名も『コーヒー店 La Bottega del caffè (1750)』である。時代の先端を行くと自任する市民や時代の思想を導く啓蒙主義者たちは、豪奢なサロンならぬコーヒー店で、飲み物片手に議論に花を咲かせる。まさにこのオペラ開幕の舞台であろう。(＊3は次ページ)

N. 1 Terzetto　第1曲 三重唱[*1]

FERRANDO
フェルランド

La mia Dorabella
僕のドラベッラは
capace non è:
ありっこない、
fedel quanto bella
美しいと同じほど貞淑に
il cielo la fe'.
天は彼女をつくりたもうたのだ。

GUGLIELMO[*2]
グリエルモ

La mia Fiordiligi
僕のフィオルディリージは
tradirmi non sa:
僕を裏切るなんてできっこない、
uguale in lei credo
等しく、彼女には信じている、
costanza e beltà.[*3]
貞節と美しさとを。

(前ページより)＊3　この対訳書では(Bä 版)に従って ── (DP 台)もそうなっているが ── 各景の登場人物名（時に人物の情況、様子、動作等が付されて）を景の冒頭で記していきたい。(M手)はそれが記されていたり、一部、あるいは全て欠けていたりと、統一性なく大ざっぱな感があり、例えばここの人物名は(M手)には見られない。こうした(M手)と(Bä 版)／(DP 台)の違いは、その全てを註にすると煩雑になるであろうし、また(M手)は、当然、台本にある各景の登場人物に音楽を展開させているわけで、とすれば取り立てて全てを註にはせず、各景の人物名の有無、人物の情況説明の有無、あるいは差異が景の展開に影響があると考えられる場合にのみ註を付したい。

＊1　(DP 台)のテキストには、当然ながら、楽曲の番号やレチタティーヴォ、アリア、重唱等の楽曲名はない。この対訳書はベーレンライター版の楽譜を基底としているので、それに従って楽曲番号、曲名を入れることとする。

＊2　Guglielmo の綴りに関しては、じつはモーツァルトは Guillelmo、ときに Guilelmo と記しており、ダ・ポンテの台本ではすべて Guilelmo である。これは元々ドイツ圏に古くからある名、Willihelm がイタリア語化した形。フランク人のイタリア侵入でイタリア圏にもたらされたが、9世紀ころから徐々にイタリア各地に広まり、それにつれて綴りも Guilihelmus、Guillelmus 等々とラテン語化し、さらにイタリア語で Guillelmo、Guilelmo となり、最終的な正字法では Guglielmo である。このテキストでは(Bä 版)に倣い Guglielmo とする。

＊3　(DP 台)costanza a beltà。これであると文構成は credo costanza uguale a beltà（＝美しさと同じ／同様の貞節を信じている）。なお（Bä 版）に依るこのテキストでは、形容詞 uguale（同じ／同じだけの）は costanza と beltà に関わるので、語法として正しくは複数の形 uguali であろう。

DON ALFONSO
ドン・アルフォンソ

Ho i crini già grigi;*1
すでにわたしは髪に白いものがある、
ex cathedra parlo,
で、教えを垂れようともの申すのだが
ma tali litigi
しかしこんな口論、
finiscano qua!
ここらで終わりとしよう！

FERRANDO e GUGLIELMO
フェルランドとグリエルモ

No, detto ci avete*2
いや、あなた*2は僕らに言われたのだ、
che infide esser ponno,
二人が操(みさお)に欠けうると、
provar cel dovete,
それを僕らに証明すべきです、
se avete onestà.
あなたに正当性がおありなら。

＊1　(DP 台)の句読点は“,”。(Bä 版)を基底とする当テキストでは、句読点に関しても（感嘆符、疑問符等の後、文末にするのが正書法であろうが、そうせずにコロン、セミコロンのような扱いにしているかも含めて）それに従っており、(DP 台)との差異は少なからずある。ここではそれを註としたが、この後、そのすべてを註に挙げると煩雑でもあるので、特に句読点の差異によって意味に大きな違いがあると考えられる場合以外は、特別に註にしないでおく。

＊2　この場で３人はコーヒーを楽しみながら、様々な話をし、情報交換をし、議論をしていたのであろう。２人の士官はおそらく老哲学者の若い、親密度深い、心を許し合った仲間であり、彼とはおそらく節度や礼を保ち、敬意を持ちながら、信頼もし、忌憚なく意見交換もし、時に若者の感覚で理性的な学識ある人生の先輩にお遊びを仕掛けたりするのだろう。こうした関係は、ここで言葉の上で表れている。avete は動詞の直説法現在二人称複数であるが、語りかけている相手はドン・アルフォンソで、単数である。これはグリエルモとフェルランドの２人がドン・アルフォンソへの“あなた”に敬称の“voi（二人称複数）”を用い、彼への敬意や丁寧さのある語り方をしているということになる。会話をするとき、語法として、単数の相手“あなた”に対して家族・親族や親しい間柄であれば親称の“tu（文法上二人称単数）”、敬意・尊意を払うべき間柄であれば敬称の“voi（文法上二人称複数）”を使うのが、モーツァルト／ダ・ポンテ時代には一般的な用法である。さらに“あなた”に lei（文法上三人称女性単数）── 固有名詞のように Lei と大文字にする方が正字法 ── が敬称・丁寧称として使われるが、これは後にテキストに現れた箇所で見てみたい。ドン・アルフォンソからフェルランドとグリエルモに対してはどうか？ ここまでドン・アルフォンソにはそれを明確にする台詞(ことば)がなく、またこれからもかなり先まで常に士官２人に一緒に語りかけているために(そのために複数のあなた方の“voi”である)、voi の態度で語っているか tu なのか、判断がつかない。対訳は、ドン・アルフォンソが若い２人に対して親しい間柄だが節度のある、学識深いことを自任するシニカルな年長者という立場にあるとして、訳語・語調を選んだ。グリエルモとフェルランドの間の対話はここまでにないので、具体例はまだ見られないが、当然２人は“tu”によって語り合っている。

DON ALFONSO
ドン・アルフォンソ

Tai prove lasciamo...
そうした証明はやめとこう…

FERRANDO e GUGLIELMO
フェルランドとグリエルモ

(Metton mano alla spada.)
(剣に手をかける。)*1

No, no le vogliamo:
いや、いや、我われ、それを望んでいる、

o fuori la spada,
さもないと剣を抜き

rompiam l'amistà.
友情を断ちますよ。

DON ALFONSO
ドン・アルフォンソ

(a parte)
(他から離れて)

O pazzo desire!
馬鹿げた欲求よ！

Cercar di scoprire
見つけ出そうとするなどと、

quel mal che trovato
そんな不幸のもとを、それを知ったら

meschini ci fa.
自分を惨めにするんだのに。

FERRANDO e GUGLIELMO
フェルランドとグリエルモ

*(a parte)**2
(他から離れて)

Sul vivo mi tocca
僕のいちばん許せぬとこを突くってものだ、

chi lascia di bocca
口から出まかせ

＊1　このト書は(DP台)からのものであるが、(M手)には記されていない。ト書に関して(DP台)と(M手)を対照すると、(M手)には(DP台)のト書が多く抜けている。場面展開、筋の運びのために必要なはずのものも見られない例がずいぶんとある。対訳ライブラリー旧版では、(DP台)にあって(M手)に見られないト書をテキスト中に補ったその箇所をカッコの種類を多用することですべて示したが、かなり目障りな感が…。考えてみればモーツァルトはダ・ポンテの台本を目にしているはずであろうし、またこの対訳書の目的は(DP台)と(M手)のト書の比較研究ではない。そのため、改訂新版では、(DP台)のト書を譜面に採り入れて譜面作りをしているモーツァルト新全集の(Bä版)にそのまま従い、(M手)での記述の有無は示さないこととした。(M手)にあって(DP台)にないト書に関しては、註でお知らせすることとしたい。また(Bä版)には、情況やドラマ展開のより明確な理解のためであろう、独自に補筆したト書がある。これに関しては、その部分に[　]を付してお示ししたい。

＊2　(DP台)“ognuno a parte＝それぞれ他から離れて”。

sortire un accento
彼女にとって不当である[*1]

che torto le fa.
言葉を吐くやからは。

Recitativo　レチタティーヴォ

GUGLIELMO
グリエルモ

Fuor la spada: scegliete
剣をお抜きに、それで選んでいただこう、

qual di noi più vi piace.
我われのどちらがよりお好みか。

DON ALFONSO
ドン・アルフォンソ

(placido)
(穏やかに)

Io son uomo di pace,
わたしは平和主義者さ、

e duelli non fo se non a mensa.
だから決闘はしない、食卓のほかは。[*2]

FERRANDO
フェルランド

O battervi, o dir subito
戦うか、すぐ言うかです、

perché d'infedeltà le nostre amanti
なぜ僕たちの恋人が不実で

sospettate capaci.
ありうるとお疑いか。

DON ALFONSO
ドン・アルフォンソ

Cara semplicità, quanto mi piaci!
可愛いお人好しよ、なんとも気に入るな！

FERRANDO
フェルランド

Cessate di scherzar, o giuro al cielo!...
からかうのはお止めに、さもなくば天に誓って！…

DON ALFONSO
ドン・アルフォンソ

Ed io, giuro alla terra,
ならばわたしは、地に誓おう、

non scherzo, amici miei;
わたしはからかってなどいない、我が友人たち、

＊1　この対訳では、原文に対して日本語訳が同じ行で対応するよう努めて逐語訳としたが、原文通りの位置に訳語を置くと、2つの言語の語順の違いから、あまりに日本語として不自然で理解しにくくなる場合、やむなく原文と訳語の行をずらした箇所もある。それらは註で示しておきたい。ここではこの訳行と次の訳行は原文と順序が入れ替わっている。

＊2　食卓では刃物、つまりナイフを使うが、それ以外に剣を振るうような刃物三昧におよぶことはないという意味。

solo saper vorrei
ただよければ知りたい、
che razza d'animali
どんな種類の生き物なんだか、
son queste vostre belle,
その君たちの美しいご婦人方は、
se han come tutti noi carne, ossa e pelle,
我われみなと同様、肉と骨と皮がおありなんだか、
se mangian come noi se veston gonne,
我われ同様、食されるんだか、スカートをおはきなんだか、
alfin se dee, se donne son...
要するに、女神なんだか、女なんだか…

FERRANDO e GUGLIELMO フェルランドとグリエルモ
Son donne:
女ですよ、
ma... son tali son tali...
だけど…彼女たちはあんなに、あんなに…

DON ALFONSO ドン・アルフォンソ
E in donne pretendete
で、女に、信じ込んでいるのかな、
di trovar fedeltà?
貞節が見つかると？
Quanto mi piaci mai, semplicità!
まったく何とも気に入るな、お人好し加減よ！

N. 2 Terzetto　第２曲 三重唱

DON ALFONSO ドン・アルフォンソ
(scherzando)
（からかい半分に）
È la fede delle femmine*1
女どもの貞淑は
come l'araba fenice:
アラビアの不死鳥のようなもの、

＊1　この４行詩の出典はメタスタージオ P. Metastasio（1698−1782）の《デメートリオ Demetrio（1731）》中のオリントのアリア「それが恋人の真心 È la fede degli amanti」。女の真心・貞節を稀にしかないもの、あると言われるが実際には見られないものとして、例えるのに不死鳥（フェニックス）を挙げた文言では、ゴルドーニの喜劇『当世の学校 La scuola moderna（1748）』がよく知られる。

che vi sia ciascun lo dice,
いると誰もがそう言うが
dove sia nessun lo sa.
どこなのか、誰もそれを知らぬ。

FERRANDO
フェルランド
(con fuoco[*1]*)*
（いきり立って）
La fenice è Dorabella!
不死鳥はドラベッラだ！

GUGLIELMO
グリエルモ
(con fuoco)[*2]
（いきり立って）
La fenice è Fiordiligi!
不死鳥はフィオルディリージだ！

DON ALFONSO
ドン・アルフォンソ
Non è questa, non è quella,
こっちでもない、そっちでもない、
non fu mai, non vi sarà.
かつていたこともなく、今後もいやしない。

Recitativo　レチタティーヴォ

FERRANDO
フェルランド
Sciocchérie di poeti!
詩人が言いそうな戯言だ！

GUGLIELMO
グリエルモ
Scempiaggini di vecchi!
老人が言いそうな繰言だ！

DON ALFONSO
ドン・アルフォンソ
Orbene[*3], udite:
それでは、聞きたまえ、
ma senza andar in collera.
だが、むきにならずにだぞ。
Qual prova avete voi, che ognor costanti
君たちどんな証拠があるね、いつ何時も節操固いと、
vi sien le vostre amanti;
君たちの恋人が君たちに、

＊1　(DP台)"(con foco)"。fuoco と意味は同じ。この後このテキストでのト書中の fuoco は、(DP台)ではほとんどすべて foco と綴られるので、これに関する註はこれだけにとどめたい。
＊2　(DP台)になく(M手)からのト書。
＊3　(DP台) Or bene。

chi vi fe' sicurtà, che invariabili
誰が君たちに保証したね、不変だと、
sono i lor cori?
彼女たちの心が？

FERRANDO フェルランド
Lunga esperienza...
長いつき合いが…

GUGLIELMO グリエルモ
Nobil educazion...
優れた躾(しつけ)が…

FERRANDO フェルランド
Pensar sublime...
立派な考えが…

GUGLIELMO グリエルモ
Analogia d'umor...
相性の良さが…

FERRANDO フェルランド
Disinteresse...
公正さが…

GUGLIELMO グリエルモ
Immutabil carattere...
揺るぎない性格が…

FERRANDO フェルランド
Promesse...
約束が…

GUGLIELMO グリエルモ
Proteste...
断言が…

FERRANDO フェルランド
Giuramenti...
誓いが…

DON ALFONSO ドン・アルフォンソ
Pianti, sospir, carezze, svenimenti.
涙に、溜め息に、愛撫(あいぶ)に、卒倒に。
Lasciatemi un po' ridere...
ちと、笑わせてくれたまえ…

FERRANDO フェルランド
Cospetto!
よくも！
Finite di deriderci?
我われを愚弄(ぐろう)するのはやめてくれますか？

DON ALFONSO ドン・アルフォンソ
Pian piano:
まあ、落ち着いて、
e se toccar con mano
で、もし実際に見せて進ぜたら、*1

＊1　原文の意は"手で触れさせる"。

oggi vi fo che come l'altre sono?
今日にも君たちに彼女らが他の女どもと同じだと？

GUGLIELMO グリエルモ
Non si può dar.
できるわけがない。

FERRANDO フェルランド
Non è.
ありっこない。

DON ALFONSO ドン・アルフォンソ
Giochiam.
賭(か)けようか。

FERRANDO フェルランド
Giochiamo.
賭けましょう。

DON ALFONSO ドン・アルフォンソ
Cento zecchini.
100ヴェッキーノ*1を。

GUGLIELMO グリエルモ
E mille se volete.
1000でも、お望みなら。

DON ALFONSO ドン・アルフォンソ
Parola.
約束を。

FERRANDO フェルランド
Parolissima.
飛びきりの約束を。

DON ALFONSO ドン・アルフォンソ
E un cenno, un motto, un gesto
では合図、お喋り、身振りなど、
giurate di non far di tutto questo
誓っていただこう、このことすべてについてしないと、
alle vostre Penelopi.
君たちのペネロペイア*2に。

FERRANDO フェルランド
Giuriamo.
誓いましょう。

DON ALFONSO ドン・アルフォンソ
Da soldati d'onore.
名誉ある軍人として。

GUGLIELMO グリエルモ
Da soldati d'onore.
名誉ある軍人として。

＊1　ヴェッキーノ（複数になるとヴェッキーニ）は16世紀半ばにヴェネツィアで鋳造された金貨。その後ヴェッキーノは貨幣単位としてイタリア各地の諸侯によって取り入れられたが、このオペラの舞台とされるナポリでは使われなかった。因みにヴェネツィアの1ヴェッキーノは金45グラムに相当したといわれる。

＊2　ホメロスの叙事詩『オデュッセイア』の主人公オデュッセウスの妻。戦いに出て20年のあいだ帰らない夫を、多くの求婚者を退けながらひたすら待ちつづける彼女は、妻の貞節の鏡、また忍耐の代名詞になった。

DON ALFONSO
ドン・アルフォンソ

E tutto quel farete
では何でもやってもらう、
ch'io vi dirò di far.
わたしが君たちにやれと命ずることは。

FERRANDO
フェルランド

Tutto!
何なりと！

GUGLIELMO
グリエルモ

Tuttissimo!
何なりかんなり！

DON ALFONSO
ドン・アルフォンソ

Bravissimi!
まさにその意気！

FERRANDO e GUGLIELMO
フェルランドとグリエルモ

Bravissimo,
そちらもその意気、
Signor Don Alfonsetto.
ドン・アルフォンソ先生。*1

FERRANDO
フェルランド

A spese vostre
そちらの出費で
or ci divertiremo.
こうなれば僕らは楽しむことになる。

GUGLIELMO
グリエルモ

(a Ferrando)
（フェルランドに）
E de' cento zecchini che faremo?
で、100ヴェッキーノで、我われ、何をしよう？

N. 3 Terzetto　第3曲 三重唱

FERRANDO
フェルランド

Una bella serenata
すごい夜会(セレナーデ)を
far io voglio alla mia dea.
僕の女神にものしてやりたい。

＊1　男たちが集まると、女の、また妻の貞節を危ぶむ話になるのは中世の説話から続く題材のようだが、操の真偽を明かそうと、賭けをし、変装してまで目指す女に試しの攻勢をかける一話が見られるのは、ボッカッチョ G. Boccaccio の『デカメロン Decameron (1349−51)』の第二日九話であろう。パリに集まったイタリア人男性たちが想い女(びと)や妻の貞節について語り合ううち、妻の操を信ずる夫がそれを疑い冷笑する仲間の一人と真偽のほどに高額の賭けをすることになる。仲間は変装して操を信ずる友人の妻の許へ赴き、言い寄る。その後の筋の展開はこのオペラのものと大きく異なるが、これからオペラでも始まる賭け、変装、偽りの求愛は、その先例をここに見ることができるだろうか。

GUGLIELMO
グリエルモ

In onor di Citerea
キュテレイア*1に敬意を表し
un convito io voglio far.
僕は饗宴をものしたいな。

DON ALFONSO
ドン・アルフォンソ

Sarò anch'io de' convitati?
わたしも会食の仲間になれようか？

FERRANDO e GUGLIELMO
フェルランドとグリエルモ

Ci sarete, sì signor.
なれますとも、もちろん、先生。

FERRANDO, GUGLIELMO e DON ALFONSO
フェルランド、グリエルモ、そしてドン・アルフォンソ

E che brindis replicati
そうなれば、いくどとなく乾杯を
far vogliamo al dio d'amor!
愛の神に捧げたいものだ！

(Partono [tutti].)
（[全員] 退場。）

Giardino sulla spiaggia del mare*2.
海の浜辺に面した庭

SCENA II 第2景

[**Fiordiligi e Dorabella che*3 guardano un ritratto, che lor pende al fianco.*4**
腰に下がった絵姿を眺めているフィオルディリージとドラベッラ]

＊1　古代ギリシアの美と愛の女神アフロディーテ(ローマ神話ではヴィーナス)の別名。アフロディーテがギリシアのペロポネソス半島の先に位置するキティラ島で生まれたという伝説による。
＊2　(M手)del mare(＝海の)なし。
＊3　(M手)に che 以下のフィオルディリージとドラベッラがどのような様子か告げる部分はないが、前出の第1景中の註の1つでも記したように、(DP 台)にある記述事項であればモーツァルトもこうした指定を考慮していたであろうと、勝手ながらそう考え、この先そうした事々を全て註にすることは省きたい。
＊4　(DP 台)各景の最初に示す人物名の記述で、その順序は一定でない。ここでは Dorabella e Fiordiligi とある。このテキストでは、(Bä 版)も概ねそうであるが、高い声部の人物から順に記すこととする。

N. 4 Duetto　第４曲 二重唱

FIORDILIGI[*1]
フィオルディリージ

Ah guarda[*2], sorella[*3],
ああ、見てちょうだい、あなた、
se bocca più bella,
もっと素晴らしいお口、
se aspetto più nobile
もっと気高いお顔つきが
si può ritrovar.
見つかるものかしら？

DORABELLA
ドラベッラ

Osserva tu un poco,
目をこらしてちょうだい、ねっ、ちょっと、
che foco ha ne' sguardi!
なんて情熱が眼差しにおありかしら！

＊1　Fiordiligi はフランス語の"fleur de lis＝百合の花"── 百合は清らか、純粋、真白い、また聖なる要素もある女、あるいは物を意味する語でもある ── に因んだ名。この名は叙事詩２作、ボイアルド M. M. Boiardo の『恋するオルランド Orlando innamorato (1483第Ｉ、II巻、1495第III巻)』とアリオスト L. Ariosto の『狂えるオルランド Orlando Furioso (1532最終版)』中の人物として広く知られる。オルランドの刎頚(ふんけい)の友ともいうべきブランディマルテに心から愛される乙女である彼女は、その後、彼の妻となるが、作中の叙述によれば、"品位に優れ、愛情豊か、見目麗しく、思慮分別がある"。ブランディマルテは、騎士オルランドが恋い焦がれる東方の国カターイの王女、アンジェリカを探しに叔父であるシャルルマーニュ(大帝)の陣を出奔すると、その後を追って放浪することとなるが、それを知ったフィオルディリージもまた彼を探しに旅に出る。その後、まさに騎士物語の叙事詩の名に相応しい多彩な出来事の紆余曲折を経て、ブランディマルテは異教徒の傑出した王、グラダッソに命を奪われる。それを知るに及んだフィオルディリージは、夫の墓の傍らの庵に身をおき、悲しみのためにやつれて死ぬ。

＊2　この動詞 guarda、また次のドラベッラの osserva から、２人の姉妹が肉親として当然ながら、たがいに親称の"tu"によって会話を交していると分かる。

＊3　"あなた"としたが、原文では"sorella"と呼びかけている。sorella は"姉または妹"を意味し、ここでフィオルディリージが呼びかける sorella が"お姉様"か"妹よ"か、言葉の上では判断がつかない。作品の全台詞を検討しても、どこにもこの判断のできそうな語句・表現は見当たらない。もともとヨーロッパには兄と弟、姉と妹の観念が希薄であるためか、台本にも姉妹の区別は明記されておらず、またオペラ全篇を通じ、どちらが姉、どちらが妹か判断できる場面説明、ト書き等はなく、その説明となるような他の資料も見当たらない。そこでモーツァルト学者であられる海老澤敏氏にご教示を仰いだところ、氏の、さらに氏を通じて氏と親交のあるモーツァルト新全集編集者、国際モーツァルテウム財団事務局長兼学術部長など、モーツァルト学者の方々のご意見を頂戴することができた。諸氏によると、ダ・ポンテの台本(オペラ初演のために1790年にウィーンで出版されたもの)において、登場人物として"フィオルディリージとドラベッラ(Fiordiligi e Dorabella)"とある、またモーツァルトの自筆譜では、初め必ずしもどちらが姉か妹か明確な考えがあったのではないことがうかがわれるが、最終的にはフィオルディリージを先、ドラベッラをあとに譜面上に記しているなど、こうした人物名の記し方の順序からフィオルディリージの方を姉、ドラベッラを妹とするのが妥当と考えられる。この対訳でも、海老澤氏等のご教示に従ってフィオルディリージを姉、ドラベッラを妹とした。

Se fiamma, se dardi
もしや炎を、もしや矢を
non sembran scoccar.
放っているようではなくて。

FIORDILIGI
フィオルディリージ

Si vede un sembiante
お姿が見てとれてよ、
guerriero, ed amante.
勇士であって、甘い恋人の。

DORABELLA*1
ドラベッラ

Si vede una faccia
お顔が見てとれるわ、
che alletta e minaccia.
魅惑し、圧倒もするお顔が。

FIORDILIGI
フィオルディリージ

Felice son'io.*2
幸せだわ、わたし。

DORABELLA
ドラベッラ

Io sono felice.
わたし、幸せだわ。

FIORDILIGI e DORABELLA
フィオルディリージとドラベッラ

Se questo mio core
もしわたしのこの心が
mai cangia desio,
まさか思いを変えるなんてことあれば

＊1　Dorabella は Dora（ギリシア語の"恵み"を意味する女子の名）＋ bella（＝美しい）で、"美しい／素晴らしい恵み"を意味する名。そんな名であるが、フィオルディリージとの関連からすると、既に註で記したオルランドの騎士物語中の人物、ドラリーチェ Doralice に依るだろうか。が、そのままであるとフィオルディリージと音が近い。そのため、後ろ半分を - bella に変化させたのだろうか。ドラリーチェはどのような人物か？　グラナダの王の娘である彼女は、サラセン軍のアルジェの王、勇猛なロドモンテの許婚であるが、やはりサラセン軍のマンドリカルドと愛を結び、彼に走る。その後キリスト軍の勇士、ルッジェーロがマンドリカルドに勝利すると、一時、彼の遺骸に涙するが、変わり身の早い彼女はルッジェーロに身を任せる。作中には次のような叙述がある。ルッジェーロの眉目形、武勇のほど、立ち居振る舞い、目を惹くものであった。すでに知らしめてきたように、ドラリーチェは心を変えるにたやすき生まれつき、また愛なくしてはおられずして、ルッジェーロに心を移すにいとも早い。生きていてこそマンドリカルドに用あれど、死んだとなればどうとなる。彼女は夜も昼もその用に応じるような、逞しく、強い男を手に入れずにおくはずもない。

＊2　（DP 台）フィオルディリージに次行の Io sono felice.、ドラベッラにこの行の Felice son'io.。台詞の６行詩節の韻律からすれば（DP 台）がより適合する。なお（Bä 版）ではドラベッラの詩行の最後に"："が付されているが、意味上からも詩形からもここで終止であろう。本テキストではピリオドとした。このように、句読点が（Bä 版）と（DP 台）で異なり、（Bä 版）が明らかな誤植と考えられる場合、テキストは訂正した形としたい。句読点の訂正については以後、特別な理由がなければ註に記すことはしない。

Amore mi faccia
愛の神様になさってほしいわ、わたしを
vivendo penar.
生きる限り苦しむように。

Recitativo　レチタティーヴォ

FIORDILIGI フィオルディリージ
Mi par che stamattina*1 volentieri
何かそんな気がするの、今朝はやたら
farei la pazzarella: ho un certo foco,
おかしなことしそうだって、だってあるの、何か熱いものが、
un certo pizzicor entro le vene...
何か疼(うず)きが血の中に…
Quando Guglielmo viene... se sapessi
グリエルモがいらして…もしやあなた分かって、
che burla gli vo' far!
わたしがどんなおいた、あの方にしたいか！

DORABELLA ドラベッラ
Per dirti il vero,
本当のこと言うと、
qualche cosa di nuovo
これまでと違う何かを
anch'io nell'alma provo: io giurerei
わたしも胸のうちに感じるの、てことは、誓ってもいいわ、
che lontane non siam dagli Imenei.
わたしたち、結婚が遠くないのでは。

FIORDILIGI フィオルディリージ
Dammi la mano: io voglio astrologarti.*2
手をお出しなさい、わたしが占ってあげてよ。
Uh che bell'Emme! E questo
まあ、なんていいＭの線*3！それからこれは
è un Pi: va bene: matrimonio presto.
Ｐの線*3、いいわよ、つまり、間もなく結婚。

＊１　(DP 台) stammattina。
＊２　(DP 台) 正規の綴りの単語ではなく astrolicarti。
＊３　Ｍの線、Ｐの線とは、原語の matrimonio と presto の頭文字からきたもので、"matrimonio"は"結婚"、"presto"は"素早い"を意味する。

DORABELLA ドラベッラ
Affé*1, che ci avrei gusto!
ほんと、なんてそれなら嬉しいかしら！

FIORDILIGI フィオルディリージ
Ed io non ci avrei rabbia.
それならわたしだって嫌じゃないわ。

DORABELLA ドラベッラ
Ma che diavol vuol dir che i nostri sposi
でも一体どういうことかしら*2、わたしたちの許婚（ごしゅじん）の
ritardano a venir? son già le sei...
おいでが遅いなんて？もう６時*3なのに…

FIORDILIGI フィオルディリージ
Eccoli.
お二人お見えだわよ。

SCENA III　第３景

Le suddette e*4 Don Alfonso.
前景の姉妹とドン・アルフォンソ

DORABELLA*5 ドラベッラ
Non son essi: è Don Alfonso
彼らじゃないわ、ドン・アルフォンソよ、
l'amico lor.
彼らのお友だちの。

FIORDILIGI*5 フィオルディリージ
Ben venga
お入りいただきましょうよ、
il signor Don Alfonso!
ドン・アルフォンソ様に！

＊1　(Bä 版)affè と開口母音のアクセント記号を付しているが、正字法では閉口で affé である。このテキストでは、この後アクセント記号は正字法に従うこととし、(Bä 版)と違いがある場合、それを註にすることはしない。
＊2　原文の意は、"でもどんな悪魔が(che 以下のことを)言いたがっているのか"。
＊3　６時が現代の通常の時間での午前６時であったなら、それほど早くから許婚が来るのは不自然に思われる。午後６時であったなら、これからドラマが展開するのに１日の残り時間が少ない。では……。考えられるのは、キリスト教で３時間毎に祈祷文を唱える聖務日課の定時課(イタリア語では Ore Canoniche)の時間であろうか。第１定時＝６時、第３定時＝９時、第６定時＝12時となり、この第６定時を６時と呼んだのではないか。12時であれば全てがうまく収まりそうである。また、ダ・ポンテの時代、時間は必ずしも１日を24時間に区切る現在の計測法によるだけではなかったようで、ナポリなど南イタリアでは日の出を１時とすることもあったという。となると季節によって１時が変わることになるが、のんびりした当時はそれでよかったのだろう。そこでここにいう６時とは、現在の10時から12時ころということになるだろうか。
＊4　(DP 台) Le suddette. として、接続詞の"e"なし。　(＊５は次ページ)

DON ALFONSO
ドン・アルフォンソ

Riverisco!
失礼をいたします！

DORABELLA
ドラベッラ

Cos'è? Perché qui solo? Voi piangete*[1]?
なんですの？なぜここへお一人で？あなた様*[1]、お泣きですの？

Parlate per pietà! Che cosa è nato?
お話しくださいませ、どうか！何がございまして？

L'amante...
恋しいお方が…

FIORDILIGI
フィオルディリージ

L'idol mio...
わたしの憧れのお方が…

DON ALFONSO
ドン・アルフォンソ

Barbaro fato!
ひどい運命よ！

N. 5 Aria　第５曲 アリア

DON ALFONSO
ドン・アルフォンソ

Vorrei dir, e cor non ho:
お話ししたくも、私は勇気がない、

balbettando il labbro va.
唇がワナワナしておりまして。

Fuor la voce uscir non può...
声は外へ出るもかなわず…

ma mi resta mezza qua.
ここ、我がうちに留まりおります。

Che farete? Che farò?
お二人、如何になされば？私、如何にいたせば？

Oh, che gran fatalità!
ああ、なんと大(たい)した災難か！

Dar di peggio non si può.
これより悪いことはあり得ない。

（前ページより）＊5　（DP 台）このドラベッラの台詞はフィオルディリージとし、次のフィオルディリージのものはドラベッラ、さらに次のドラベッラはフィオルディリージ、フィオルディリージはドラベッラである。

＊1　ドラベッラはドン・アルフォンソに口を開くが、彼に対する"あなた"は"piangete"と、敬称の"voi"である。第１景で敬称の語法について註に記したが、ドラベッラ、そして後出のフィオルディリージ（次のレチタティーヴォの２行目の fate を参照）の姉妹は、許婚の友人であるドン・アルフォンソに対して、行儀をわきまえた躾のよい女性として、また彼と許婚との関係を傷つけることのないように、当然、敬称の"voi"で語る。

Ho di voi, di lor pietà.
あなた方にも、彼らにも、同情します。

Recitativo　レチタティーヴォ

FIORDILIGI
フィオルディリージ

Stelle! Per carità, signor Alfonso,
まあそんな[*1]！どうか、アルフォンソ様、
non ci fate morir.
私たちを死なせないでくださいませ。

DON ALFONSO
ドン・アルフォンソ

Convien armarvi,
固くお持ちになるべきですぞ、
figlie mie, di costanza.
我がお嬢様方、節操を。

DORABELLA
ドラベッラ

Oh dei! Qual male
ああまさか！[*2] どんな不幸が
è addivenuto mai, qual caso rio?
一体、起こりまして、どんな悪いことが？
Forse è morto il mio bene?
もしや私の恋人が亡くなられた？

FIORDILIGI
フィオルディリージ

È morto il mio?
私のあのお方が亡くなられた？

DON ALFONSO
ドン・アルフォンソ

Morti non son, ma poco men che morti.
死んではいないが、死んだとそう変わりはなくて。

DORABELLA
ドラベッラ

Feriti?
お怪我を？

DON ALFONSO
ドン・アルフォンソ

No!
いや！

FIORDILIGI
フィオルディリージ

Ammalati?
ご病気に？

DON ALFONSO
ドン・アルフォンソ

Neppur.
でもない。

FIORDILIGI
フィオルディリージ

Che cosa dunque?
では、なんですの？

＊1　感嘆の句として訳したが、原単語の意は“星々”。
＊2　原文の意は“おお、神々様”。

DON ALFONSO
ドン・アルフォンソ

Al marzial campo
戦場へと

ordin regio li chiama.
王の命が彼らを召集です。

FIORDILIGI e DORABELLA
フィオルディリージとドラベッラ

Ohimè! Che sento!
そんな！何てことでしょう*1！

FIORDILIGI
フィオルディリージ

E partiran?
では出立なさることに？

DON ALFONSO
ドン・アルフォンソ

Sul fatto.
即座に。

DORABELLA
ドラベッラ

E non v'è modo
手だてはありませんの、

d'impedirlo?
それを留めるような？

DON ALFONSO
ドン・アルフォンソ

Non v'è.
なしですな。

FIORDILIGI
フィオルディリージ

Né un solo addio...
ほんのお別れさえなしで…

DON ALFONSO
ドン・アルフォンソ

Gl'infelici non hanno
不幸な者たちはありませんで、

coraggio di vedervi.
あなた方に会う勇気が。

Ma se voi lo bramate,
だがお二人が、たって望まれるなら

son pronti...
彼らはもうそこに…

DORABELLA
ドラベッラ

Dove son?
どこですの？

DON ALFONSO
ドン・アルフォンソ

Amici, entrate.
友らよ、入りたまえ。

＊1　原文の意は"わたしは何を聞く"。"何ということ"と、思いもよらないことを聞いた驚きを表す表現。

SCENA IV 第4景

[**I suddetti; Ferrando, Guglielmo in abito da viaggio ecc.**
前景の人物たち、旅支度等をしたフェルランド、グリエルモ]

N. 6 Quintetto 第6曲 五重唱

GUGLIELMO
グリエルモ

Sento oddio, che questo piede
僕は感じる、ああもう、この足は
è restio nel girle avante.
彼女のまえへ進むのをしぶっていると。

FERRANDO
フェルランド

Il mio labbro palpitante
僕の唇はピクピクしていて
non può detto pronunziar.
言葉を発することが叶わない。

DON ALFONSO
ドン・アルフォンソ

Nei momenti i più terribili
窮状極まるそんな瞬間にこそ
sua virtù l'eroe palesa.
英雄はその力を発揮するものだぞ。

FIORDILIGI e DORABELLA
フィオルディリージとドラベッラ

Or che abbiam la nuova intesa,
お知らせを聞きました今
a voi resta a fare il meno.
お二人にはいとも易きをなさることが残されています。
Fate core: a entrambe in seno
勇気をお出しください、わたしたちどちらの胸にも
immergeteci l'acciar.
剣を突き刺してくださいませ。

FERRANDO e GUGLIELMO
フェルランドとグリエルモ

Idol mio, la sorte incolpa*1
愛してやまぬ君よ、運命のせいにしてほしい、
se ti*1 deggio abbandonar.
君をおいて行かねばならぬのも。

DORABELLA
ドラベッラ

Ah no no, non partirai!
ああ、いえ、いいえ、お発ちになってはいけないわ！

＊1 "incolpa"、"ti"からフェルランドとグリエルモが自分の許婚に、当然ながら、親称の二人称"tu"で語りかけると分かる。続くドラベッラとフィオルディリージも、"partirai"、"te ne andrai"と親称である。

FIORDILIGI
フィオルディリージ

Non crudel, non te ne andrai!
いえ、ひどいお方、お去りになってはいけないわ！

DORABELLA
ドラベッラ

Voglio pria cavarmi il core!
わたしはその前に心臓をえぐり出してしまいたい！

FIORDILIGI
フィオルディリージ

Pria ti vo' morire ai piedi!
その前にあなたの足下で死んでしまいたい！

FERRANDO
フェルランド

([piano a Don Alfonso])
（[ドン・アルフォンソに小声で]）

(Cosa dici[*1]?)
（どうですね？）

GUGLIELMO
グリエルモ

([piano a Don Alfonso])
（[ドン・アルフォンソに小声で]）

(Te n'avvedi[*1]?)
（お分かりに？）

DON ALFONSO
ドン・アルフォンソ

([piano])
（[小声で]）

(Saldo amico: finem lauda[*2]!).
（いいから頑張れ、友よ、結果をご覧じろ！）

FIORDILIGI, DORABELLA, FERRANDO, GUGLIELMO e DON ALFONSO
フィオルディリージ、ドラベッラ、フェルランド、グリエルモ、そしてドン・アルフォンソ

Il destin così defrauda
運命はこうして掠めとる、
le speranze de' mortali.
死すべき定めの人の希望を。
Ah chi mai fra tanti mali,
ああ、誰が一体、これほどの不幸に遇い、
chi mai può la vita amar!
誰が一体、人生を愛せよう！

＊1　これまでフェルランドはドン・アルフォンソに対して敬称の"voi"で語っていたが、ここでdici と親称の"tu"に変わる。許婚が愁嘆の姿を見せたことで、自分に勝ち目がありそうだ、優位に立ったと感じ、その心理が言葉に表れ、それまで自分より上位の敬うべき存在として"voi"による対話をしていたのが、少しばかり優越感が頭をもたげ、"tu"を使った。次のグリエルモも同様に親称になる。

＊2　Lauda finem. の形で、現在でもイタリア語の中で使われるラテン語の格言。直訳では単数の相手に対して"結果を称えよ"という命令だが、"誉めるには最後を見るまで待て"ということ。

Recitativo　レチタティーヴォ

GUGLIELMO
グリエルモ

Non piangere, idol mio.
泣かないで、僕の愛してやまぬ君よ。

FERRANDO
フェルランド

Non disperarti,
がっかりしないで、

adorata mia sposa.
僕の愛し敬う許婚よ。

DON ALFONSO
ドン・アルフォンソ

Lasciate lor tal sfogo: è troppo giusta
彼女らにああした気持ちの吐露を許してやりたまえ、もっともすぎる、

la cagion di quel pianto.
あの涙の理由は。

([Gli amanti] si abbracciano teneramente.)
（[恋人同士、] 優しく抱き合う。）

FIORDILIGI
フィオルディリージ

Chi sa s'io più ti veggio!
はたしてわたし、またあなたにお会いできますのやら！

DORABELLA
ドラベッラ

Chi sa se più ritorni!
はたしてまたお戻りになられますのやら！

FIORDILIGI
フィオルディリージ

Lasciami questo ferro: ei mi dia morte,
この剣はわたしに置いていってください、これがわたしに死をくれるよう、

se mai barbara sorte
もしやしてひどい運命が

in quel seno a me caro...
わたしにとって大切なその胸に…

DORABELLA
ドラベッラ

Morrei di duol, d'uopo non ho d'acciaro.
わたしなら悲しみで死にますわ、剣の必要はありません。

FERRANDO e GUGLIELMO
フェルランドとグリエルモ[*1]

Non farmi, anima mia,
しないでくれ、僕の魂の君、

quest'infausti presagi;
そんな不吉な予想は、

proteggeran gli dei
神々はお守りくださるだろう、

la pace del tuo cor ne' giorni miei.
君の心の平安を僕の人生あるかぎり。

＊1　(DP 台)フェルランドのみの台詞。

N. 7 Duettino　第7曲 小二重唱

FERRANDO e GUGLIELMO
フェルランドとグリエルモ

Al fato dan legge
運命を支配する、
quegli occhi vezzosi;
その魅惑の瞳は、
Amor li protegge,
そしてそれは愛の神が守りたまい
né i loro riposi
その安らぎは
le barbare stelle
ひどい運命の星とて
ardiscon turbar.
妨げようなどとまさかしまい。
Il ciglio sereno,
晴れやかな眼差しを
mio bene, a me gira;
愛する君よ、僕に向けてほしい、
felice al tuo seno
無事に君の胸へと
io spero tornar.
僕はもどろうと願っている。

Recitativo　レチタティーヴォ

DON ALFONSO
ドン・アルフォンソ

(La commedia è graziosa, e tutti e due
（この茶番はなかなかいい、それに二人とも
fan ben la loro parte.)
自分の役をうまくこなしている。）
(Si sente un tamburo.)[*1]
（太鼓の音が聞こえる。）

FERRANDO
フェルランド

O cielo! Questo
大変だ！これぞ

＊1　このト書は(M手)のもの。(DP台)は(suono di tamburo in distanza＝遠くで太鼓の音)。

è il tamburo funesto,
忌まわしい太鼓、
che a divider mi vien dal mio tesoro.
これが僕を愛(いと)しの宝から引き離すことになる。

DON ALFONSO ドン・アルフォンソ
Ecco, amici, la barca.
さあ、友らよ、船だぞ。

FIORDILIGI フィオルディリージ
Io manco.
わたし、気が遠くなるわ。

DORABELLA ドラベッラ
Io moro.
わたしは死ぬわ。

SCENA V　第5景

[I suddetti.]
[前景の人物たち]

Marcia militare in qualche distanza, e poi il seguente.
少し離れたところで軍隊行進曲、それから続いて次の曲

N. 8 Coro　第8曲 合唱

CORO 合唱
Bella vita militar!
素晴らしき軍隊生活よ！
Ogni dì si cangia loco,
日ごと、ところ変わり
oggi molto, doman poco,
今日はあまた、明日はわずか、
ora in terra ed or sul mar.
ときに陸を、またときに海を。
Il fragor di trombe, e pifferi;
ラッパや笛の轟音(ごうおん)が、
lo sparar di schioppi, e bombe
銃や砲弾の炸裂音(さくれつおん)が
forza accresce al braccio, e all'anima,
力を与える、腕に、また精神に、

vaga sol di trionfar.
ただ勝利するを願う精神に。
Bella vita militar!
素晴らしき軍隊生活よ！

Recitativo　レチタティーヴォ

DON ALFONSO ドン・アルフォンソ
Non v'è più tempo, amici, andar conviene
もはや時間がない、友らよ、行かねばならぬ、
ove il destino, anzi il dover v'invita.
運命が、いや職務が、君たちを招くところへ。

FIORDILIGI フィオルディリージ
Mio cor...
愛するお方…

DORABELLA ドラベッラ
Idolo mio...
愛してやまぬお方…

FERRANDO フェルランド
Mio ben...
僕の恋人…

GUGLIELMO グリエルモ
Mia vita...
僕の命…

FIORDILIGI フィオルディリージ
Ah per un sol momento...
ああ、ほんの一瞬だけ…

DON ALFONSO ドン・アルフォンソ
Del vostro reggimento
君たちの連隊の
già è partita la barca.
船はすでに出帆してしまった。
Raggiungerla convien coi pochi amici
わずかな仲間といっしょに追いつかねば、
che su legno più lieve
彼らはもっと小さい船で
attendendo vi stanno.
君たちを待っているから。

FERRANDO e GUGLIELMO フェルランドとグリエルモ
Abbracciami, idol mio.
僕を抱きしめて、僕の愛してやまぬ君よ。

FIORDILIGI e DORABELLA フィオルディリージとドラベッラ
Muoio d'affanno.
苦しみのために死にそう。

Recitativo (N. 8a Quintetto)　レチタティーヴォ［第8a曲 五重唱］*1

FIORDILIGI
フィオルディリージ

(piangendo)
（泣きながら）

Di... scri... ver... mi o... gni... gior...no...*2
毎日わたしにお手紙を書くと…

giu... ra... mi... vi... ta... mi... a...
わたしに誓ってください、わたしの命のお方…

DORABELLA
ドラベッラ

*(piangendo)**3
（泣きながら）

Due... vol... te an... co... ra...
二度でも…

tu... scri... vi... mi... se... puo... i...
あなたは書いてくださいね、できれば…

FERRANDO
フェルランド

Sii... cer... ta... o ca... ra...
安心していて、愛しい人よ…

GUGLIELMO
グリエルモ

Non... du... bi... tar... mio be... ne...
心配するんじゃない、僕の恋人…

DON ALFONSO
ドン・アルフォンソ

(Io crepo se non rido.)
（わたしは笑わずには腹が破裂しそうだ。）

FIORDILIGI
フィオルディリージ

Sii costante a me sol...
わたしにだけ一途（いちず）でいらしてね…

DORABELLA
ドラベッラ

Serbati fido!
誠実をお通しになってね！

＊1　多くの版において第８曲の合唱の後、つづくこの五重唱を第９曲とし、そのあとの合唱の繰り返しには番号を付けない曲番構成になっているが、この対訳ではベーレンライター版に従うので合唱を第８曲、五重唱を第8a曲、２度目の合唱を第９曲とした。この曲番付けに関してモーツァルト学者の海老澤敏氏のご意見を仰いだが、氏によれば、この作品のモーツァルトの手稿を検証すると、２種類の紙質の五線譜が使われており、合唱は第８番と第９番の番号が付されて同質の１種に、五重唱は両方の紙質の五線紙に記されているところから、五重唱は第８曲と第９曲をつなぐ曲として後から挿入されたものと考えられ、そこで新全集では第８曲につづく第8a曲とされたとのことである。

＊2　ここの五重唱で、２人の姉妹が泣きながら息も絶えんばかりに恋人に切願する場面を強調するため、楽譜は単語をすべて音節ごとに区切って音付けがなされている。(DP 台)のテキストでも単語を切れ切れに記しているが、譜面ほど厳密に音節ごとでなく、つぎのようである、Di... scri-ver-mi… ogni... gior-no... / giurami… vita… mia… Due vol-te… an-cora... / tu… scri-vimi… se… puoi…。これに応える男性２人の台詞は、(DP 台)では音節の区切りはなされていない。

＊3　(M手)からのト書。

FERRANDO
フェルランド

Addio!
さようなら！

GUGLIELMO
グリエルモ

Addio!
さらば！

FIORDILIGI e DORABELLA
フィオルディリージとドラベッラ

Addio!
さようなら！

FIORDILIGI, DORABELLA, FERRANDO e GUGLIELMO
フィオルディリージ、ドラベッラ、フェルランド、そしてグリエルモ

Mi si divide il cor, bell'idol mio.
胸が張り裂ける、素晴らしい最愛の人よ。

N. 9 Coro　第９曲 合唱

CORO
合唱

Bella vita militar!
素晴らしき軍隊生活よ！
Ogni dì si cangia loco,
日ごと、ところ変わり
oggi molto, doman poco,
今日はあまた、明日はわずか、
ora in terra ed or sul mar.
ときに陸を、またときに海を。
Il fragor di trombe, e pifferi;
ラッパや笛の轟音が、
lo sparar di schioppi, e bombe
銃や砲弾の炸裂音が
forza accresce al braccio, e all'anima,
力を与える、腕に、また精神に、
vaga sol di trionfar.
ただ勝利するを願う精神に。
Bella vita militar!
素晴らしき軍隊生活よ！

(Le amanti restando[*1] *immobili sulla sponda del mare; la barca allontanasi tra suon di tamburi ecc.)*
（恋する姉妹は海辺にじっと佇(たたず)んでいて、船は太鼓等の音が響くなかを遠ざかっていく。）

＊1　(DP 台)ジェルンディオでなく、Le amanti に対する動詞(三人称複数)として restano。語法上はこちらがより普通。

SCENA VI　第6景

Le suddette e Don Alfonso.
前景の姉妹とドン・アルフォンソ

Recitativo　レチタティーヴォ

DORABELLA
ドラベッラ

(in atto di chi rinviene da un letargo)
（忘我の境から覚めた者の身振りで）

Dove son?
彼らはどこに？

DON ALFONSO
ドン・アルフォンソ

Son partiti.
出立しましたよ。

FIORDILIGI
フィオルディリージ

Oh dipartenza
ああ、お別れ、

crudelissima amara!
辛くも辛く、悲痛な！

DON ALFONSO
ドン・アンフォンソ

Fate core,
元気を出して、

carissime figliuole.
愛しくも愛しいお嬢さん方。

(da lontano facendo motto col fazzoletto)
（離れたところでハンカチで合図しながら）

Guardate: da lontano
ご覧なさい、遠くから

vi fan cenno con mano i cari sposi.
愛しの許婚たちがあなた方に手を振って信号を送っていますよ。

FIORDILIGI
フィオルディリージ

Buon viaggio, mia vita!
ご無事な旅を、わたしの命のお方！

DORABELLA
ドラベッラ

Buon viaggio!
ご無事な旅を！

FIORDILIGI
フィオルディリージ

Oh dei! Come veloce
あんまりだわ[*1]！なんて速く

＊1　原文の意は“ああ、神々よ”。

se ne va quella barca! Già sparisce!
あの船は行ってしまうの！もう消えてしまうわ！
Già non si vede più! Deh faccia il cielo
もうすでに見えないわ！どうか、天がお計らいくださることを、
ch'abbia prospero corso.
順調な旅路を持てるよう。

DORABELLA ドラベッラ
Faccia che al campo giunga
お計らいくださることを、戦場へ到着するよう、
con fortunati auspici.
良き運に恵まれて。

DON ALFONSO ドン・アルフォンソ
E a voi salvi gli amanti, e*1 a me gli amici.
そしてあなた方には恋人を守りたまうことを、またわたしには友人を。

N. 10 Terzettino　第10曲 小三重唱

FIORDILIGI, DORABELLA e DON ALFONSO フィオルディリージ、ドラベッラ、そしてドン・アルフォンソ
Soave sia il vento,
風が穏やかにあり
tranquilla sia l'onda,
波が静かにあり
ed ogni elemento
そして自然の万物が
benigno risponda
慈愛深く応(こた)えてくれるよう、
ai nostri desir.
わたしたちの願いに。
(Partono le due donne.)
（姉妹２人、退場する。）

SCENA VII　第７景

Don Alfonso solo.
ドン・アルフォンソ一人

＊1　(Bä版)のみ、この“e(＝また)”を入れている。この行の音節数は変わらない。

Recitativo　レチタティーヴォ

DON ALFONSO
ドン・アルフォンソ

Non son cattivo comico! Va bene:
　わたしも下手な喜劇役者ではないぞ！さてと、
al concertato loco i due campioni
　示し合わせた場所で二人の勇者、
di Ciprigna, e di Marte
　アフロディーテの、そしてマルス*1の勇者が
mi staranno attendendo; or senza indugio*2,
　わたしを待っているだろう、これから間をおかず
raggiungerli conviene... Quante smorfie,
　行ってやらねば…それにしても数々の思わせぶり、
quante buffonerie...
　数々の道化…
Tanto meglio per me;
　だがわたしにはその方がずっと好都合、
cadran più facilmente:
　よりたやすく落ちることとなろう、
questa razza di gente è la più presta
　この種の者たちが一番早い、
a cangiarsi d'umore. O poverini!
　気の変わるのが。となれば、哀れな者どもよ！
Per femmina giocar cento zecchini?
　女のために100ヴェッキーノ賭けるだって？
　≪Nel mare solca, e nell'arena semina,*3
　　「海に鋤(すき)入れ、砂に種まき、
e il vago vento spera in rete accogliere
　吹く風を網に捕らえんと望んでいる、
chi fonda sue speranze in cor di femmina.≫
　女心に希望おく御仁(ごじん)は。」*4

＊1　マルスはローマ神話の戦いの神。ここではフェルランドとグリエルモの２人を指してヴィーナスおよびマルスの、つまり愛と戦いの勇者と茶化している。
＊2　(DP 台) senza indugi。複数形をとるこちらが熟語として定形。
＊3　ナポリの詩人、ヤコポ・サンナヅァーロ Jacopo Sannazaro (1456−1530)の『アルカーディア Arcadia 1504』中の「田園詩 Ecloga」からの引用であるが、原詩と少し異なる箇所が見られ、Nel mare→Nell'onde(＝波に)、e il vago→e 'l vago、fonda sue speranze→sue speranze funda。
＊4　(DP 台)(Parte.＝退場する。)とト書あり。

Camera gentile con diverse sedie, un tavolino ecc. Tre porte: due laterali, una di mezzo.
何脚かの椅子、小テーブル1台等のある優雅・上品な部屋。三つの扉、その二つが両側に、一つが中央にある。

SCENA VIII　第８景

［**Despina che sta facendo il cioccolatte.**
ココアを作りながらのデスピーナ］

Recitativo　レチタティーヴォ

DESPINA[*1]
デスピーナ

Che vita maledetta
なんて嫌な暮しなの、
è il far la cameriera!
小間使いやってるのは！
Dal mattino alla sera
朝から晩まで
si fa, si suda, si lavora, e poi
せかせかして、汗し、働き、そのあげく
di tanto che si fa nulla è per noi;
どんなにやっても、なんにも自分のためじゃない、
è mezz'ora, che sbatto;
今だって掻(か)き回して半時間よ、
il cioccolatte è fatto, ed a me tocca
ココアはできて、それであたしに回ってくるってわけ、
restar ad odorarlo a secca bocca?
口に入れずに匂い嗅(か)いでいるってことが？
Non è forse la mia come la vostra,
もしやあたしの口はあなた様方のと同じようでなくて、

＊1　この名はどのような名か？ 前出の註でフィオルディリージとドラベッラの由来を『恋するオルランド』、『狂えるオルランド』と考えたが、デスピーナもまたこの２作に何かヒントがあるように思われる。２作には Fiordespina と Fiordispina（その意味は、fior は花、spina は刺で"刺の花"）の名があり、いずれもサラセンの身分ある女性で、騎士の姿に身を変えたキリスト軍の女性、ブラダマンテを武勇優れる美男の剣士と思い込み、恋い慕う。すでに註にした"百合の花"であるフィオルディリージ、そして"刺の花"であるフィオルデスピーナである。またデスピーナに似通った名で思い浮かぶのはセルピーナ（Serpina）があるが、これはナポリ派のオペラ・ブッファの登場人物中の１つの典型である小間使いで、デスピーナと同じような立場の役柄と言えるだろう。ダ・ポンテは叙事詩の傑作とナポリのオペラ・ブッファにこの作品の小間使いの名を求めたのか…。

o garbate signore,

お上品なお嬢様方、

che a voi dessi l'essenza, e a me l'odore?

あなた様方には中味を差し上げ、あたしには匂いってことになるの？

Per Bacco vo' assaggiarlo: cospettaccio![*1]

ええい、味見してやるわ、驚くじゃない！

com'è buono!

なんて美味しい！

(Si forbe la bocca.)

（口をぬぐう。）

Vien gente.

人が来るわ。

O ciel, son le padrone!

あらまっ[*2]、お嬢様方だ！

SCENA IX　第９景

La suddetta. Fiordiligi e Dorabella ch'entrano disperatamente ecc.
前景の人物。自暴自棄の様子等で現れるフィオルディリージとドラベッラ

DESPINA
デスピーナ

(Presenta il cioccolatte sopra una guantiera.)

（小盆に乗せたココアを差し出す。）

Madame, ecco la vostra colazione.

お嬢様方、さあ、ご朝食を。

[*3]*(Dorabella gitta tutto a terra.)*

（ドラベッラ、すべてを床に投げる。）

Diamine, cosa fate?

おやまあ、何をあそばします[*4]？

FIORDILIGI
フィオルディリージ

Ah!

ああ！

＊1　(DP台)“cospettaccio!”は音楽付けされていない。
＊2　原文の意は“天よ”。
＊3　(DP台)ここから第９景となる。景の登場人物名はここに記され、ト書もあるが、内容は譜面と同じである。
＊4　デスピーナは主人であるドラベッラに敬称の“voi”で語る。フィオルディリージに対しても、当然ながら、同様に“voi”。

DORABELLA ドラベッラ

Ah!

ああ！

(Si cavano entrambe tutti gli ornamenti donneschi ecc.)

（2人ともすべての女性用装身具等を取り去る。）

DESPINA デスピーナ

Che cosa è nato?

何事が起きました？

FIORDILIGI フィオルディリージ

Ov'è un acciaro?*1

どこ、剣は？

Un veleno dov'è?

毒薬はどこ？

DESPINA デスピーナ

Padrone, dico!...

ご主人様方、あのう！…

Recitativo　レチタティーヴォ

DORABELLA ドラベッラ

Ah scostati, paventa*2 il triste effetto

ああ、おさがり、怖いわよ、大変なことになるから*3、

d'un disperato affetto!

愛情に絶望すると！

Chiudi quelle finestre... odio la luce...

あの窓を閉めて…光が憎いわ…

odio l'aria che spiro... odio me stessa...

吸っている空気が憎いわ…わたし自身が憎いわ…

Chi*4 schernisce il mio duol... chi mi consola...

わたしの苦しみを馬鹿にする人が…わたしを慰めようとする人が…

＊1　楽譜のいくつかの版にはフィオルディリージが「どこ、剣は？」、次いでドラベッラが「毒薬はどこ？」と掛け合いであるのが見られるが、(M手)(DP台)共にフィオルディリージ1人の台詞である。こうした(M手)(DP台)によれば、先ずフィオルディリージが興奮した気持ちをたてつづけに「剣は？毒は？」と口にし、デスピーナの一言のあと、今度はドラベッラがやはり興奮した心境をアリアへもっていくということになる。別版が生じることに関しては、モーツァルト学者の海老澤敏氏にある解釈のあることをうかがった。氏と親交のある演出家、ミヒャエル・ハンペ氏によれば、姉妹が「剣は？」、「毒薬は？」と掛け合いにするのがよりモーツァルトの意図に近く、自筆譜でフィオルディリージのみの台詞になっているのはモーツァルトがドラベッラの名を書き落としたためであり、氏の演出では2人の台詞に分けるとのことであった。

＊2　ドラベッラはデスピーナに対して“scostati”、“paventa”と“tu”で語る。若い娘の召使いという目下の者への態度である。フィオルディリージも同様にデスピーナに“tu”。

＊3　原文の意は、“(絶望した愛情の)ひどい結果を畏れなさい”。

＊4　上の行の odio の目的であるので、文は上の行から続くものとして小文字の方が適切であろう。

Deh fuggi per pietà, lasciami sola.
さあ、お願い、あっちへ行って、わたしを一人にして。

N. 11 Aria 第11曲 アリア

DORABELLA
ドラベッラ

Smanie implacabili
わたしを掻き乱す*1
che m'agitate,
どうにもならない不安、
dentro*2 quest'anima
この心のうちで
più non cessate
もうおまえたちがやむことはなくてよ、
finché l'angoscia
苦痛がついには
mi fa morir.
わたしを死なせるまで。
Esempio misero
不幸な恋の*3
d'amor funesto
悲惨な実例(みほん)を
darò all'Eumenidi,
わたしはエウメニデス*4に示しましょう、
se viva resto,
もし生きていかれるものなら、
col suono orribile
すさまじい響きによって、
de' miei sospir!
わたしの発する溜め息の！
([Dorabella e Fiordiligi] si metton a sedere in disparte da forsennate.)
（[ドラベッラとフィオルディリージ、] 離れて正気を失ったように座り込む。）

＊1 この行と次行は原文と日本語訳の順序が入れ替わっている。
＊2 (DP 台)Entro。この行の音節の数に変わりはない。
＊3 この行と次行は原文と日本語訳の順序が入れ替わっている。
＊4 ギリシア神話の３姉妹の復讐の女神。通例、翼を持ち、髪はヘビ、松明を手にして罪人を追いかけ、狂気に追いやる。

Recitativo　レチタティーヴォ

DESPINA
デスピーナ
Signora Dorabella,
ドラベッラ様、
signora Fiordiligi,
フィオルディリージ様、
ditemi, che cosa è stato?[*1]
私に仰ってくださいまし、何事がありまして？

DORABELLA
ドラベッラ
Oh terribil disgrazia!
ああ、ものすごい災いよ！

DESPINA
デスピーナ
Sbrigatevi in buon'ora.
手短かに仰ってくださいな、お早く。

FIORDILIGI
フィオルディリージ
Da Napoli partiti
ナポリからお発ちになったの、
sono gli amanti nostri.
わたしたちの恋人が。

DESPINA
デスピーナ
(ridendo)
（笑いながら）
Non c'è altro?
ほかにございませんの？
Ritorneran.
なら、お戻りでしょうに。

DORABELLA
ドラベッラ
Chi sa!
さあ！

DESPINA
デスピーナ
(come sopra)
（前と同様に）
Come chi sa?
どうして、さあですの？
Dove son iti?
どちらへおいでに？

DORABELLA
ドラベッラ
Al campo di battaglia.
戦場へよ。

＊１　(DP 台)Dite, cosa è stato?　mi(＝私に)がなく、また che(＝何)もない。このために６音節となり、７音節詩行の定型がくずれる。『イタリア・オペラ台本集』等、che を補った詩行としている例も多い。なおこのテキストの詩行もまた、８音節で(mi が入ったため)定型から外れる。

DESPINA
デスピーナ

Tanto meglio per loro.
あのお方たちにとってなおいっそう結構。
Li vedrete tornar carchi d'alloro.
月桂樹*[1]を背負って戻られるのをお目になさいますよ。

FIORDILIGI
フィオルディリージ

Ma ponno anche perir.
でも命を落とされることもありえるわ。

DESPINA
デスピーナ

Allora poi
それならまた
tanto meglio per voi.
あなた様方にはなおいっそう結構。

FIORDILIGI
フィオルディリージ

(Sorge arrabbiata.)
（怒って立ち上がる。）
Sciocca, che dici?
馬鹿ね、何を言うの？

DESPINA
デスピーナ

La pura verità: due ne perdete,
まったく本当のこと、だって二人を失われて
vi restan tutti gli altri.
あなた様方にはほかの殿方ぜんぶが残ります。

FIORDILIGI
フィオルディリージ

Ah perdendo Guglielmo
ああ、グリエルモを失ったら
mi pare ch'io morrei.
わたし、死ぬって気がするわ。

DORABELLA
ドラベッラ

Ah Ferrando perdendo
ああ、フェルランドを失ったら
mi par che viva a seppellirmi andrei.
生きながらお墓に入るって気がするわ。

DESPINA
デスピーナ

Brave, vi par, ma non è ver: finora
結構ですこと、そんな気がしても、でも違いますわ、これまで
non vi fu donna che d'amor sia morta.
恋に死んだような女はおりませんでしたもの。
Per un uomo morir! Altri ve n'hanno
一人の殿方のために死ぬですって！ほかがおりますのに、
che compensano il danno.
損失を補ってくれる方々が。

＊1　月桂樹は勝利、栄光、ときに富を象徴する。

DORABELLA
ドラベッラ

E credi che potria
　じゃ、できるなんて思うの、
altr'uom amar chi s'ebbe per amante
　ほかの殿方を愛することが、恋人に持った者が、
un Guglielmo, un Ferrando?
　グリエルモのような方を、フェルランドのような方を？

DESPINA
デスピーナ

Han gli altri ancora
　他の方々もやはりお持ちですわ、
tutto quello ch'han*1 essi.
　あの方々がお持ちのものをみんな。
Un uomo adesso amate,
　殿方を、今、お二人は愛しておいでです、
un altro n'amerete: uno val l'altro,
　なら別のお方も愛されるでしょう、だってどれもこれも同じ価値、
perché nessun val nulla.
　誰もなんの値打ちもないのですから。
Ma non parliam di ciò; sono ancor vivi,
　でもこのお話はやめましょう、あの方々はまだ生きておられ
e vivi torneran; ma son lontani,
　そして生きてお帰りになられましょう、でも遠くにおいでですよ、
e piuttosto che in vani
　それならむしろ無為(むい)な
pianti perdere il tempo,
　涙に時を無駄になさるより
pensate a divertirvi.
　楽しむことをお考えなさいまし。

FIORDILIGI
フィオルディリージ

(con trasporto di collera)
　（怒りに我を忘れて）
Divertirci?
　わたしたちが楽しむ？

DESPINA
デスピーナ

Sicuro! E, quel ch'è meglio,
　もちろん！そして、もっとよろしいのは

＊1　(DP 台）同じ三人称複数だが、ch'hanno。詩行の音節数は han であっても hanno であっても、通常の詩行における音節の数え方であれば7音節で同じである。

far all'amor come assassine, e come
自由に思う存分*1、恋をすることですわ、大体どのように
faranno al campo i vostri cari amanti?
あそばすのでしょうね、戦場であなた様方の愛しい恋人は？

DORABELLA ドラベッラ
Non offender così quelle alme belle,
そんなふうに傷つけないで、あの美しい魂を、
di fedeltà, d'intatto amore esempi.
真心と汚れない愛の鑑（かがみ）のような方たちを。

DESPINA デスピーナ
Via via, passaro i tempi
もう、もう、結構、そんな時代は過ぎてますよ、
da spacciar queste favole ai bambini.
子供にこんなお話をまことしやかに吹聴するような。

N. 12 Aria　第12曲 アリア

DESPINA デスピーナ
In uomini! In soldati
男たちに！兵士たちに
sperare fedeltà?
真心一途を期待するですって？
*(ridendo)**2
(笑いながら)
Non vi fate sentir per carità!
そんなこと言えば笑われますわ、もうどうか！*3
Di pasta simile
同じ練り物（パスタ）です、
son tutti quanti:
男は誰もみんな、
le fronde mobili,
揺れる木の葉も

＊1　文字通りには“殺人者のように”の意。ヴェネト方言によると、この表現は“自由にたくさん、思う存分”という意味で使われる。ダ・ポンテがヴェネト出身であることを考え、対訳ではそれをとって“自由に思う存分”と訳した。“殺人者”と“思う存分”が1つ単語に共存するのは、assassinoの語源がアラブ地域の神経に作用する薬ハシスであり、飲んで我を忘れる、夢中になる、盲目的に従う等々の状態に陥り、それに伴って生ずる事態を広く表す意味になったためであろう。
＊2　(DP台)にない(M手)からのト書。
＊3　原文の意は“人に聞かせないでください、もうどうか”。

l'aure incostanti
向きがすぐ変わる風も
han più degli uomini
男たちよりはもっと
stabilità.
しっかりしています。
Mentite lagrime,
嘘の涙、
fallaci sguardi,
偽りの眼差し、
voci ingannevoli,
騙しの声、
vezzi bugiardi
見せかけの愛想、
son le primarie
それが主な
lor qualità.
彼らの特質です。
In noi non amano
あたしたちのことは愛しゃしません、
che il lor diletto,
自分たちが楽しむ以外に、
poi ci dispregiano,
そしてあたしたちを蔑み
neganci affetto,
思いやりを拒みます、
né val da' barbari
そんな野蛮人には無駄というもの、
chieder pietà.
情け心を求めるなんて。
Paghiam, o femmine,
報いてやりましょう、女の皆さん、
d'ugual moneta
同じだけのものを、

questa malefica
　この性悪の
razza indiscreta;
　慎みない人種に、
amiam per comodo,
　それには愛しましょう、こちらの都合よいように、
per vanità.
　虚栄心満足させるために。
La la la lera*[1]
　ラララレラ
la ra la ra.
　ラララ ラ。
(Partono [tutte].)
（[全員、] 退場する。）

SCENA X　第10景

Don Alfonso solo, poi Despina.
ドン・アルフォンソ一人、後からデスピーナ

Recitativo　レチタティーヴォ

DON ALFONSO
ドン・アルフォンソ

Che silenzio! Che aspetto di tristezza
　なんたる静けさ！なんと悲しみの雰囲気が
spirano queste stanze! Poverette!
　この部屋々々に漂っていることか！*[2] 哀れな娘たちよ！
Non han già tutto il torto:
　それもまったくゆえなくない、
bisogna consolarle. Infin che vanno
　ひとつ慰めてやる必要ありだ。今こうして
i due creduli sposi,
　あのおめでたい二人の許婚どもが

＊1　このテキストでは、譜面の La la la 〜でなく、(DP 台)の形を記した。
＊2　原文の意は“(悲しみの雰囲気を)この部屋々々が発散する”。

com'io loro commisi, a mascherarsi,
わたしの命じた通り、変装しにいっている間に

pensiam cosa può farsi...
何ができるか考えておくか…

Temo un po' per Despina... quella furba
デスピーナのことが少し心配だぞ…あの抜け目ない娘は

potrebbe riconoscerli... potrebbe
あるいは二人を見破るかも知れんし…もしやして

rovesciarmi le macchine*1... Vedremo...
からくりをひっくり返すかも知れん…そうさな…

se mai farà bisogno
何なら必要になろう、

un regaletto a tempo, un zecchinetto
適宜に鼻薬が、金貨(ヅェッキネット)1枚は

per una cameriera è un gran scongiuro.
小間使いになら立派な魔除けよ。

Ma per esser sicuro, si potria
しかし確実であるためには、あるいはよかろう、

metterla in parte a parte del secreto...
いく分か彼女を秘密に通じさせておく方が…

Eccellente è il progetto...
この企ては卓越している…

la sua camera è questa:
彼女の部屋はこれだな、

(Batte.)
（ノックする。）

Despinetta!*2
デスピネッタ！

DESPINA デスピーナ
Chi batte?
誰がノックを？

DON ALFONSO ドン・アルフォンソ
Oh!
やあ！

＊1　(DP 台)machine。
＊2　Despinetta は Despina の語尾に縮小、親愛、ときに侮蔑などの意味を添える接尾辞の -etta を付した形。Despinetta と、ドン・アルフォンソは親しみを込めて、あるいは装ってデスピーナに呼びかけようとしている。

DESPINA
デスピーナ

Ih!
えっ！

DON ALFONSO
ドン・アルフォンソ

Despina mia,
我がデスピーナ、
di te*1 bisogno avrei.
あんた*1に用事がありそうでな。

DESPINA
デスピーナ

Ed io niente di lei*2.
で、あたしの方はそちら様*2に何も。

DON ALFONSO
ドン・アルフォンソ

Ti vo' fare del ben.
あんたに少しいいことしてやりたくて。

DESPINA
デスピーナ

A una fanciulla*3
若い娘に
un vecchio come lei non può far nulla.
そちら様のような老人は何もできゃしません。

DON ALFONSO
ドン・アルフォンソ

(mostrandole una moneta d'oro)
（彼女に金貨を1枚示しながら）

＊1　“あんた”に原文では“tu”が使われている。登場人物たちは相手に対する人称代名詞“あなた”に“tu”、“voi”、“lei (Lei)”を使うが、この3種をどう用いるかによってその人物の相手との身分関係や親しさや立場、その時々の相手への気持ちや態度などを知ることができるだろう。ここでドン・アルフォンソはデスピーナに親しい相手、また、直接の召使いではないが、目下である者に対して使う“tu”を用いるので、親しみのあるくだけた態度で彼女に接しようとしているのが分かる。

＊2　前行のドン・アルフォンソが親称の“tu”で話しかけたのに対し、デスピーナは、すでに第1景の3人の男性陣の会話の場でほんの少し言及した敬称であり丁寧称である“lei”を用いる。小間使いの彼女がドン・アルフォンソに対して敬称を使うのは当然であるが、同じ敬称でも敬意、尊意、丁寧とともに信頼、親愛などの気持ちも含む“voi”でなく ── フェルランドとグリエルモ、フィオルディリージとドラベッラは彼に“voi”を使う ── 相手との距離感を保った、ある意味、形式的で冷たい敬意と丁寧でもある“lei”を選んでいる。このことからここでのデスピーナのドン・アルフォンソへの気持ち、敬意を示しながらも信頼して心を許して接する相手であるには少し次元が異なると考える気持ちが量れる。話が進んでドン・アルフォンソに協力することになると、彼女の敬称は“voi”に変わる。

＊3　(DP 台)ここに見るテキストと同じ詩句であるが、オペラ初演と同年の6月の再演にあたって検閲を受けた台本(リブレット)が出版されることになり、そこには最初のもの ── 初演年の1月出版 ── と違いがある。モーツァルトの譜面はほとんど最初の(DP 台)に依るが、1790年6月の(DP 台)と最初の(DP 台)との違いは、これも、この後も、参考に註にしておきたい。ここの検閲後の台詞は Non n'ho bisogno.／Un uomo come lei non può far nulla (＝その必要はございません。／貴方様のような殿方は何もできゃしません)となる。最初の台詞に“老人は若い娘に何もできやしない”といった意味深長な表現が含まれていたのが和らげられた。

Parla piano ed osserva.
少し遠慮してお話し、[*1] それより見てごらん。

DESPINA デスピーナ
Me la dona?
あたしにそれ、賜りますの？

DON ALFONSO ドン・アルフォンソ
Sì, se meco sei buona.
そう、わたしにいい子ならな。

DESPINA デスピーナ
E che vorrebbe?
で、何をお望みになられようと？

È l'oro il mio giulebbe.
金貨はあたしには甘露ですよ。

DON ALFONSO ドン・アルフォンソ
Ed oro avrai,
じゃ、金貨をおもらい、

ma ci vuol fedeltà.
だが忠節が必要だ。

DESPINA デスピーナ
Non c'è altro? Son qua.
ほかになしですか？なら決まり。

DON ALFONSO ドン・アルフォンソ
Prendi, ed ascolta.
お取り、そしてお聞き。

Sai che le tue padrone
知ってるね、あんたのお嬢様方が

han perduti gli amanti.
恋人とお別れになったのは。

DESPINA デスピーナ
Lo so.
知ってますよ。

DON ALFONSO ドン・アルフォンソ
Tutti i lor pianti,
あの方たちの涙をみんな、

tutti i deliri loro ancor tu sai.
取り乱しようもみんな、やはり知ってるね。

DESPINA デスピーナ
So tutto!
みんな知ってます！

DON ALFONSO ドン・アルフォンソ
Orben: se mai
そこでだ、もしもだが、

＊1　デスピーナが"年寄りには(男として)若い女に何もできない"ときわどい言葉を発するのに対し、"あまりあからさまに言うな、行儀よくしろ"という意味。デスピーナの台詞は、前註に記したように、検閲が介入する類のものなのである。

per consolarle un poco
　少しばかりあの方たちをお慰めするために
e trar, come diciam, chiodo per chiodo,
　世にいう、釘で釘を抜くってことで*1、
tu ritrovassi il modo
　あんたに方法がもし見つかるようだったらと、
da metter in lor grazia
　彼女たちのお気に召すように仕向けるために、
due soggetti di garbo,
　二人の立派な人物をなのだが、
che vorrieno provar, già mi capisci...
　彼らやってみたいと望んでいてね、もうわたしの考えは分かるね…
c'è una mancia per te di venti scudi,
　あんたには20スクード*2の褒美がある、
se li fai riuscir.
　彼らをうまく成功させてくれたなら。

DESPINA
デスピーナ
　Non mi dispiace
　悪くないわね、
questa proposizione.
　このお申し出は。
Ma con quelle buffone... basta, udite*3:
　だけどあのおめでたい方々じゃ…でもいいわ、それでだけど*3、
son giovani, son belli, e sopra tutto
　若くて、美男子で、それに何よりかより
hanno una buona borsa
　懐(ふところ)は暖かですの、

＊1　chiodo per chiodo の訳であるが、"Chiodo scaccia chiodo.＝釘が釘を取り払う"という諺を指しているのだろう。"新たな関心、あるいは苦痛が生じると、前の関心や苦痛は弱まる"ということ。

＊2　もともと"盾"を意味する"スクード scudo（複数 scudi）"だが、盾には紋章がデザインされるところから、紋章を付して鋳造されるイタリア各地の諸侯の貨幣(主に金貨、銀貨)の呼び名となった。イタリア王国成立後も銀貨として発行され、第二次大戦終結まで使用された。

＊3　ここでデスピーナはドン・アルフォンソに対して、前出の註で先回りして少し記したが、同じ敬称であってもこれまでの"lei"に変えて"voi（ここでは udite)"を使い始める。敬称であり尊称であり、形式ばった丁寧さによる言葉使いから、彼に同調してもよい心情を含むものになったわけである。ここで"それでだけど"と訳した udite は udire（＝聞く）の命令法二人称複数で、原意は"聞いてください"。

i vostri concorrenti?
そのあなたのお仲間は？
(Per me questa mi preme.)*1
（あたしにはこのことが大事なのよね。）

DON ALFONSO
ドン・アルフォンソ
Han tutto quello
みな備えている、
che piacer può alle donne di giudizio:
分別あるご婦人に気に入ってもらえるものは、
li vuoi veder?
で、彼らに会ってみるかね？

DESPINA
デスピーナ
E dove son?
どこにいるんです？

DON ALFONSO
ドン・アルフォンソ
Son lì.
あそこにいる。
Li posso far entrar?
彼らを入れていいかね？

DESPINA
デスピーナ
Direi di sì.
いいんじゃないかしら。

*(Don Alfonso fa entrar gli amanti [che son travestiti].)**2
（ドン・アルフォンソ、［変装した］恋人たちを招き入れる。）

SCENA XI 第11景*3

［Despina, Ferrando, Don Alfonso e Guglielmo, poi Fiordiligi e Dorabella.］
［デスピーナ、フェルランド、ドン・アルフォンソ、そしてグリエルモ、後からフィオルディリージとドラベッラ］

N. 13 Sestetto 第13曲 六重唱

DON ALFONSO
ドン・アルフォンソ
Alla bella Despinetta
麗しのデスピネッタに
vi presento, amici miei;
君たちを紹介しよう、我が友人たちよ、

＊1 この独白の１行は音楽付けされなかった。
＊2 このト書きは、譜面では前のドン・アルフォンソの台詞の“Son lì.”のあたりにおいている。
＊3 (DP 台)ここで景は変わらず、先のフィオルディリージとドラベッラの登場から第11景となる。譜面の景分けは(M手)に依るものであり、この景の人物名はないために(Bä 版)の補筆。

non dipende che da lei
　彼女に頼るほかないぞ、
consolar il vostro cor.
　君たちの心が安らぎを得るのは。

FERRANDO e GUGLIELMO
フェルランドとグリエルモ

(con tenerezza affettata)
　（わざとらしい優しさを込めて）
Per la man, che lieto io bacio,
　そのお手により、私はそこに喜ばしく接吻いたしますが、
per quei rai di grazie pieni,
　ご好意あふれるそのお目により、
fa’[*1] che volga a me sereni
　私に向けるよう為してください、澄んだ
i begli occhi il mio tesor.
　美しい瞳を我が宝とも思うお方が。

DESPINA
デスピーナ

(da sé, ridendo)
　（笑いながら、独白）
Che sembianze! Che vestiti!
　なんて顔つき！なんて服装！
Che figure! Che mustacchi!
　なんて恰好！なんて髭！
Io non so se son Vallacchi,
　分からないわね、ワラキア人[*2]やら
o se Turchi son costor.
　トルコ人やら、このやから。

DON ALFONSO
ドン・アルフォンソ

(piano a Despina)
　（デスピーナに小声で）
Che ti par di quell’aspetto?
　どう見えるね、あの様子？

DESPINA
デスピーナ

Per parlarvi schietto, schietto,
　ありのまま有体に申せば
hanno un muso fuor dell’uso,
　まともじゃないご面相してるわ、

＊1　“優しさを込めて”丁寧に言葉を発する２人だが、語法としてはデスピーナに対し親称の“tu（ここでは fa’ と二人称単数への命令法）”で語りかける。直接の召使いではないが、やはり目下の者への言葉使いと言えるだろう。
＊2　ルーマニアの、北側でカルパチア山脈、南側でドナウ河に接するワラキア地方の人々のこと。

vero antidoto d'amor.
まったくの恋の熱冷ましですよね。

DON ALFONSO, FERRANDO e GUGLIELMO
ドン・アルフォンソ、フェルランド、そしてグリエルモ

Or la cosa è appien decisa:
これで事はすっかり決まりだ、
se costei non li [ci] ravvisa
彼女が彼ら［我われ］と気づかなければ
non c'è più nessun timor.
もうなんの心配もない。

DESPINA
デスピーナ

Che figure! Che mustacchi!
なんて恰好！なんて髭！
Io non so se son Vallacchi,
分からないわね、ワラキア人やら
o se Turchi son costor.
トルコ人やら、このやから。

FIORDILIGI e DORABELLA
フィオルディリージとドラベッラ

(dentro le quinte)
（舞台裏で）
Ehi Despina! Olà Despina!
ねえ、デスピーナ！ちょっと、デスピーナ！

DESPINA
デスピーナ

Le padrone!
お嬢様方！

DON ALFONSO
ドン・アルフォンソ

(a Despina)
（デスピーナに）
Ecco l'istante!
さあ、出番だ！
Fa' con arte: io qui m'ascondo!
うまくやっておくれ、わたしはそこに隠れるから！
(Si ritira.)
（引っ込む。）

FIORDILIGI e DORABELLA
フィオルディリージとドラベッラ

1[(entrando)]*
［（登場しながら）］
Ragazzaccia tracotante,
図々しい小娘ね、
che fai lì con simil gente?
そこでそんな人たちと何をしてるの？

＊1　（DP 台）ここで11景となる。景の登場人物は I sudetti（＝前景の人物）, Fiordiligi, Dorabella とある。

Falli uscire immantinente,
すぐに彼らを外へお出しなさい、
o ti fo pentir con lor.
さもないとその人たちと一緒に後悔させますよ。

DESPINA, FERRANDO e GUGLIELMO デスピーナ、フェルランド、そしてグリエルモ
([Tutti e tre] s'inginocchiano.)
([3人とも]跪く。)
Ah madame, perdonate!
ああ、お嬢様方、お許しください！
Al bel piè languir mirate
美しきおみ足のもとで憔悴しているのをご覧ください、
due meschin, di vostro merto*1
二人の哀れな男が、あなた様方の尊さを
spasimanti adorator.
称えながら恋焦がれて。

FIORDILIGI e DORABELLA フィオルディリージとドラベッラ
Giusti numi! Cosa sento?
まあ、驚くわ!*2 なんてことなの？
Dell'enorme tradimento
こんなひどい裏切りの
chi fu mai l'indegno autor?
恥ずべき主謀者は誰ですの？

DESPINA, FERRANDO e GUGLIELMO デスピーナ、フェルランド、そしてグリエルモ
Deh calmate quello sdegno!
どうか、そのご立腹をお静めください！

FIORDILIGI e DORABELLA フィオルディリージとドラベッラ
Ah che più non ho ritegno!
ああ、もうとても我慢がなりません！
Tutta piena ho l'alma in petto
私は胸にすっかり満ちた心を抱いています、
di dispetto e di terror*3!
軽蔑と恐怖に！

＊1 (DP台)merito。この詩行の音節数に変わりはない。
＊2 原意は"正義の神々様"。次は、すでに同様の表現を註にしたが、"わたしは何事を聞く？"。
＊3 (DP台)"terror 恐怖"でなく、"furor＝怒り、憤慨"。

＊[1]DESPINA e DON ALFONSO デスピーナとドン・アルフォンソ

(Don Alfonso dalla porta)
（ドン・アルフォンソはドアのところから）

Mi dà un poco di sospetto
ちょっとばかり怪しく思える、
quella rabbia e quel furor.
あの怒りようとあの憤慨ぶりは。

FERRANDO e GUGLIELMO フェルランドとグリエルモ

Qual diletto è a questo petto
なんて喜びだ、この胸に
quella rabbia e quel furor!
あの怒りようとあの憤慨ぶりは！

FIORDILIGI e DORABELLA フィオルディリージとドラベッラ

Ah perdon, mio bel diletto,
ああお許しを、わたしの素晴らしい最愛のお方、
innocente è questo cor.
この心は潔白でしてよ。

Recitativo　レチタティーヴォ

DON ALFONSO ドン・アルフォンソ

[(come entrando)]
[(そのとき登場してくるかのように)]

Che susurro＊[2]! Che strepito,
なんたる騒（ざわ）めき！なんたる喧噪、
che scompiglio è mai questo! Siete pazze,
なんたる口論だ、一体、これは！頭がどうかされましたかな、

＊１　この対訳書の初めに註でお示ししたように、この書の原文テキストはイタリア語詩の韻律と詩節に依って詩行を整えたが、オペラ台本では、複数の人物 ── また複数の人物によるパートの場合もある ── に同じ韻律と音節数、しかし語句は異なる詩行が配され、実際には詩行が配された人数分(パート数分)だけの詩行があるのだが ── 例えば人物２人(２パート)なら２行、人物３人(３パート)なら３行、人物４人(４パート)なら４行等々 ── 詩型としてはそれらをひっくるめて１行と見なして詩節構成をする技法がある。ここに見るデスピーナとドン・アルフォンソ ── 後の説明のために⑴と番号付けしておきたい ──、フェルランドとグリエルモ ──⑵と番号付け ──、フィオルディリージとドラベッラ ──⑶── の詩句は、それぞれ２行ずつで６行であるが、詩節としては⑴⑵⑶の１行目が一緒になって１行、２行目が一緒になって１行と数え、⑴⑵⑶の詩行数は６行であるとしても２行詩節となる。こうした技法の詩行については、ここに見るように、その詩行を縦線でつないでお示ししたい。縦線が現れたなら、その箇所の行数と何行詩節かをお考えいただければ有難い。この複数人物・パートで詩節の詩行を担う形は、多くはアンサンブルの場合であるが、必ずしもそうとは限らない。また詩節の全詩行に複数人物・パートが配されるのでなく、p. 83、p. 91に例を見るように、その一部にこの技法が組み込まれる形もある。p. 83では２つのパートで５行なのが３行詩、p. 91は２つのパートで３行なのが２行詩である。
＊２　(DP 台)susurro。正字法では─ss─。

care le mie ragazze?
愛しい我がお嬢さん方？
Volete sollevar il vicinato?
ご近所をお騒がせするつもりですか？
Cosa avete? Che è nato?
どうしたのです？何があったのです？

DORABELLA ドラベッラ
(con furore)
（激怒して）
Oh ciel! Mirate:
まあ、そんな！だってご覧でしょう、
uomini in casa nostra?[*1]
私どもの家に男たちを？

DON ALFONSO ドン・アルフォンソ
(senza guardarli)
（男たちを見ずに）
Che male c'è?
なんの不都合がありますか？

FIORDILIGI フィオルディリージ
(con fuoco)
（いきりたって）
Che male? in questo giorno?
なんの不都合が？この日に？
Dopo il caso funesto?
不幸な出来事のあとに？

DON ALFONSO ドン・アルフォンソ
Stelle! Sogno, o son desto? Amici miei,
まさか！夢見てるのか、現(うつつ)なのか？我が友人たち、
miei dolcissimi amici?
愛しき限りの我が友人たちか？
Voi qui? Come? Perché? Quando! In qual modo!
君らがここに？どうして？なぜ？いつ！いかにして！
Numi! quanto ne godo! (Secondatemi.)
神々よ！なんとまた喜ばしい！(わたしに調子を合わせてくれよ。)

FERRANDO フェルランド
Amico Don Alfonso!
友のドン・アルフォンソ！

＊1 (DP 台)句読点は"！"。問いかけでなく"ご覧ですね"と断定している。

(Si abbracciano con trasporto.)[*1]
(夢中で抱き合う。)

GUGLIELMO グリエルモ
Amico caro!
親愛なる友よ！

DON ALFONSO ドン・アルフォンソ
Oh bella improvvisata!
ああ、素晴らしき偶然よ！

DESPINA デスピーナ
Li conoscete voi?
あなた様、この人たちを知っておいでに？

DON ALFONSO ドン・アルフォンソ
Se li conosco![*2] Questi
彼らを知っておいでかと！これらは
sono i più dolci amici,
一番の親友だ、
ch'io m'abbia in questo mondo,
この世界中にいる友人たちのなかで、
e vostri ancor saranno.
それであなた方のにもなるでしょう。

FIORDILIGI フィオルディリージ
E in casa mia che fanno?
それで、私の家で何をなさろうと？

GUGLIELMO グリエルモ
Ai vostri piedi
あなた様方のお足下に
due rei, due delinquenti, ecco, madame.[*3]
二人の罪人、二人の悪人が、こうして、お嬢様方。
Amor...
愛が…

FIORDILIGI フィオルディリージ
Numi! Che sento?
そんな！なんてことを耳に？

FERRANDO フェルランド
Amor, il nume...
愛が、あの神が…
sì possente, per voi qui ci conduce.
実に力強きあれが､あなた様方ゆえ､我われをここに導きまして。

(Le donne si ritirano; essi le inseguono.)
(女たち、後退りする、男たちは彼女たちを追う。)

＊1　(DP台)このト書を次のグリエルモの台詞後においている。すると(夢中で抱き合う)のは、譜面ではフェルランドとドン・アルフォンソであるのが、グリエルモが加わって3人になる。
＊2　(DP台)ここに前と同じト書を(come sopra＝前出と同様に)として入れている。
＊3　(DP台)ピリオドでなく！(感嘆符)。

GUGLIELMO
グリエルモ

Vista appena la luce
光を見るや否や、
di vostre fulgidissime pupille...
あなた様方の眩(まぶ)しくも眩しい瞳の…

FERRANDO
フェルランド

... che alle vive faville...
…その生き生きした輝きにつられ…

GUGLIELMO
グリエルモ

... farfallette amorose, e agonizzanti...
…愛に悶える、そして瀕死の蝶である…

FERRANDO
フェルランド

... vi voliamo davanti...
…私どもは飛び来ております、あなた様方のまえへ…

GUGLIELMO
グリエルモ

... ed ai lati, ed a retro...
…横や、後ろやらへ…

FERRANDO e GUGLIELMO ＊1
フェルランドとグリエルモ

... per implorar pietade in flebil metro!
…哀調の韻律により憐れみを乞うために！

FIORDILIGI
フィオルディリージ

Stelle, che ardir!
そんな、なんという大胆さ！

DORABELLA
ドラベッラ

Sorella, che facciamo?
お姉様、どうしましょう？

FIORDILIGI
フィオルディリージ

Temerari, sortite
向こう見ずな、出ておいきなさい、
(Despina sorte impaurita.)
（デスピーナ、怯(おび)えて出ていく。）
fuori di questo loco! E non profani
この場から外へ！そして汚さないようにしてもらいます、
l'alito infausto degl'infami detti
恥ずべき言葉が発する忌わしい空気が
nostro cor, nostro orecchio, e nostri affetti.
私たちの心を、私たちの耳を、そして私たちの愛情を。
Invan per voi, per gli altri invan si cerca
あなたたちにとっても、他の人たちにとっても、むなしく試みるというものです、
le nostre alme sedur. L'intatta fede
私どもの心を誘惑しようなどと。手つかずのこの真心は
che per noi già si diede ai cari amanti
私どもとしてはすでに愛しい恋人に捧げておりますが

＊1 (DP 台)フェルランドのみの台詞。

saprem loro serbar infino a morte,
それは死ぬまでその方たちのため守りぬく覚悟です、
a dispetto del mondo, e della sorte.
世界が、そして運命がどうありましょうとも。

N. 14 Aria　第14曲 アリア

FIORDILIGI
フィオルディリージ

Come scoglio immoto resta
岩が不動であるように、
contra i venti, e la tempesta,
風に、そして嵐に、
così ognor quest'alma è forte
そのように常にこの心は堅固です、
nella fede e nell'amor.
操もそして愛情も。
Con noi nacque quella face
私たちとともに生まれております、そうした松明(たいまつ)*1は、
che ci piace, e ci consola;
それが私たちには気に入り、私たちを慰めています、
e potrà la morte sola
ですからただ死のみにできましょう、
far che cangi affetto il cor.
この心が愛情を変えるようにすることは。
Rispettate, anime ingrate,
尊んでいただきます、不快なお人たち、
questo esempio di costanza,
この貞節の鑑を、
e una barbara speranza
そして乱暴な望みが
non vi renda audaci ancor.
あなた方をなおも無遠慮にしませんよう。
(Van per partire. Ferrando la richiama, Guglielmo richiama l'altra.)
（姉妹、出て行きかける。フェルランドがフィオルディリージを呼び止め、グリエルモはもう一人を呼び止める。）

＊1　"松明"はあたりを明るくし、心を温め、人を導くもの、ということで、愛情を意味することにもなる。

Recitativo　レチタティーヴォ

FERRANDO
フェルランド

Ah non partite*1!
ああ、お行きにならずに！

GUGLIELMO
グリエルモ

(a Dorabella)
（ドラベッラに）

Ah barbara restate*1!
ああ、ひどいお方、お留まりを！

(a Don Alfonso)
（ドン・アルフォンソに）

Che vi pare?
どう思われますね？

DON ALFONSO
ドン・アルフォンソ

(Aspettate.)*2
（まあ待ちなさい。）

Per carità, ragazze,
後生です、お嬢さん方、

non mi fate più far trista figura.
これ以上わたしにばつの悪い思いをさせないでほしい。

DORABELLA
ドラベッラ

(con fuoco)
（いきり立って）

E che pretendereste?
でしたら、何をお求めになろうと？

DON ALFONSO
ドン・アルフォンソ

Eh nulla... ma mi pare...
別に、何も…だが、わたしに思われるのは…

che un pochin di dolcezza...
ちょっぴり優しさがあっても…

＊1　異国人に姿を変えたフェルランドとグリエルモは、これまでフィオルディリージとドラベッラ２人に語りかけていたので、"voi"が敬称か親称"tu"の複数か明確に分からなかったが(想像はつくが)、ここで１人ずつに台詞を発するので、２人は女性たちに敬称"voi"を使うのが分かる。

＊2　ドン・アルフォンソはフェルランドとグリエルモに対して敬称"voi"で語るか、親称"tu"で語るか、これまで常に２人に言葉を向けていたので、前註同様、はっきりしなかった。ここでグリエルモは１人で彼に質問をするが、それに対する答え(Aspettate.)はおそらく彼１人にだろう。とすると、ドン・アルフォンソはグリエルモに敬称の"voi"を使っているのが分かる。これまでの日本語対訳の語調は、"君"、"〜してあげる"、"〜たまえ"等々、親称の雰囲気であったかとも思われるが、対訳者としては、識者であり、人生の先輩としてのドン・アルフォンソが若い２人に対して(第１景での註にも記したが)相手を慮る気持ちを持って、心を許す親しさのある態度で、けれど一定の敬意や礼儀は自分も保ち、相手にも保たせるというスタンスで接するものと考え、選んできた。読者諸氏にはもっと丁寧な敬称の訳を望まれればそうしていただきたい。

Alfin son galantuomini,
　つまるところ身分ある者ですし
e sono amici miei.
　またわたしの友人です。

FIORDILIGI フィオルディリージ
Come! E udire dovrei?
　なんですって！では聞くべきとでも？

GUGLIELMO グリエルモ
Le nostre pene
　私どもの苦しみを、
e sentirne pietà!
　そしてそれに憐れみをお感じになるべきと！
La celeste beltà degl'occhi vostri
　あなた様方のお目の天のごとき美しさが
la piaga aprì nei nostri
　私どもの目に傷を開き
cui rimediar può solo
　それは癒せます、ただ
il balsamo d'amore.
　愛の香油のみが。
Un solo istante il core aprite, o belle,
　ほんの一瞬、心をお開きください、美しいお方たち、
a sue dolci facelle; o a voi davanti
　そこにある甘き小松明*1に、さもないとあなた様方のまえに
spirar vedrete i più fedeli amanti.
　誰より忠節な恋人が息絶えるのをご覧になるでしょう。

N. 15 Aria　第15曲 アリア*2

GUGLIELMO グリエルモ
Non siate ritrosi
　ためらわないで、

＊1　小松明は facelle の訳だが、これは N. 14のアリア中の語 face（＝松明）に縮小・親愛等の意を添える接尾辞が付いたもの。グリエルモはアリア中の要の一語を捉えて訴えようと？…
＊2　グリエルモにここで最初に用意されたアリアはこれではなかった。が、モーツァルトは初演直前に別のものと差し替えた。それがここに見る N. 15のアリアである。初演時(1790年１月)に出版された台本には差し替え前の詩句が残されたままになったが、再演の際(同年６月)に再版されたものにはこれが収められた。最初のアリアは K. 584として整理されている。参考に第１幕の後に原文と対訳を記しておきたい(93ページ参照)。

occhietti vezzosi:
　愛らしきつぶらな瞳よ[*1]、
due lampi amorosi
　二つの愛のきらめきを
vibrate un po' qua.
　ちょっとこちらへ瞬(またた)かせてください[*1]。
　Voi siete forieri[*2]
　　あなた方は先遣隊です、
di dolci pensieri,
　甘い愛の思いの、
chi guardavi un poco
　あなた方をちょっと目にするとその者は
di foco si fa.
　炎と化します。
　Non è colpa nostra
　　私どもの罪ではありません、
se voi ci abbruciate,
　あなた方が私どもを燃え上がらせるのなら、
morir non ci fate
　私どもを死なせないでください、
in sì buona età.
　このように良き年頃で。
　Felici rendeteci,
　　私どもを幸せにしてください、
amate con noi,
　私どもとともにお愛しください、
e noi felicissime
　そしたら私どもは幸せにも幸せに
faremo anche voi;
　あなた方をもまたしてさしあげます、
guardate, toccate,
　ご覧になり、お触れになり

＊1　瞳に語りかけているが、相手は姉妹である。そこで"～しておくれ"でなく、丁寧な語調で"～してください"とした。
＊2　ここから2節(4行×2)は音楽付けされていない。

il tutto osservate;

　すべてよくお調べください、

siam due cari matti,

　私どもは二人の愛すべき変わり者、

siam forti e ben fatti,

　強くして、容姿に優れ

e come ognun vede,

　そして誰もお分かりの通り

sia merto, sia caso[*1],

　美点長所か、たまたまか

abbiamo bel piede,

　美しき足を持ち合わせ、

bell'occhio, bel naso;

　美しき目を、美しき鼻を、

e questi mustacchi

　そしてまたこの髭は

chiamare si possono

　こう呼べるもの、

trionfi degli uomini,

　男たる者の勝利、

(Qui partono le donne.)[*2]

　（ここで姉妹退場する。）

pennacchi d'amor.[*3]

　愛の羽根飾りと。

SCENA XII　第12景

Don Alfonso, Ferrando, Guglielmo.[*4]
ドン・アルフォンソ、フェルランド、グリエルモ

＊1　(DP 台) sia merito, o（＝それとも）caso。意味もこの詩行の音節数も変わらない。
＊2　(DP 台) のト書は"con collera（＝怒って）"が添えられている。またおかれた位置は pennacchi d'amor の後。
＊3　譜面では trionfi、pennacchi、mustacchi と繰り返しがあり、そこに（ridendo＝笑いながら）とト書き。
＊4　(DP 台) 人物名の後に次のような情況説明がある。I due amanti ridono smoderatamente e burlano Don Alonso.（＝二人の求愛者は無遠慮に笑い、ドン・アルフォンソを茶化す。）

N. 16 Terzetto　第16曲 三重唱

(Ferrando ride smoderatamente.)＊1
（フェルランド、無遠慮に笑う。）

(Guglielmo ride smoderatamente.)＊1
（グリエルモ、無遠慮に笑う。）

DON ALFONSO
ドン・アルフォンソ
E voi ridete?
さて、君たちは笑っているね？

FERRANDO e GUGLIELMO
フェルランドとグリエルモ
Certo ridiamo.＊2
もちろん、笑ってますよ。

DON ALFONSO
ドン・アルフォンソ
Ma cosa avete?
だが、どうしたというんだね？

FERRANDO e GUGLIELMO
フェルランドとグリエルモ
Già lo sappiamo.＊3
僕たちはもう分かってますよ。

DON ALFONSO
ドン・アルフォンソ
Ridete piano!
控え目に笑いたまえ！

FERRANDO e GUGLIELMO
フェルランドとグリエルモ
Parlate invano.
そう仰っても無理ですよ。

DON ALFONSO
ドン・アルフォンソ
Se vi sentissero,
もしも彼女たちが君らの声を聞いたなら
se vi scoprissero,
もしも君らの正体を見破ったなら
si guasterebbe
台無しになるんだぞ、
tutto l'affar.
事のすべてが。
Mi fa da ridere,
わたしを笑わせてくれる、
questo lor ridere,
この彼らの笑いは、
ma so che in piangere
だが分かっているさ、涙で

＊1　(DP 台)は、第12景についてのこれの前の註で示したように、人物の情況をすでに入れているので、これはない。譜面作り上の整理で(DP 台)と異なったのか…。
＊2　(DP 台)(ridono fortissimo＝非常に大声で笑う)とト書あり。
＊3　(DP 台)(come sopra＝前と同様に)とト書あり。

dèe terminar.
事が終わるにちがいないと。

FERRANDO e GUGLIELMO
フェルランドとグリエルモ

Ah che dal ridere...*1
ああ、なんとも笑いで…
l'alma dividere,
心臓が破れ、
ah, che le viscere
ああ、なんとも腸(はらわた)が
sento scoppiar.*2
破裂しそうな気がするぞ。

Recitativo　レチタティーヴォ

DON ALFONSO
ドン・アルフォンソ

Si può sapere un poco
少し知ってもいいかね、
la cagion di quel riso?
その笑いのわけを？

GUGLIELMO
グリエルモ

Eh cospettaccio!
へえ、これはまた！
Non vi pare che abbiam giusta ragione,
僕らに当然の理由ありと思えませんかね、
il mio caro padrone?
我が親愛なる上官先生？

FERRANDO
フェルランド

*(scherzando)**3
（はしゃいで）
Quanto pagar volete,
いくらお払いくださるつもりです、
e a monte è la scommessa?
なにしろ賭は片がついたので？

＊１　(DP 台)ここに“ridono sottovoce, sforzandosi di non ridere(＝懸命に笑わないようにしながら、小声で笑う)”とト書。
＊２　(Bä 版)は(M手)に依る譜面であり、モーツァルトの指定と考えられるが、この４行詩節の繰返しの最後の“Ah che dal ridere”の箇所に(sforzandosi di non ridere＝懸命に笑わないようにしながら)とト書。
＊３　(DP 台)ここにこのト書なく、次ページのグリエルモに“sempre scherzando(＝終始はしゃぎながら)”とある。

GUGLIELMO
グリエルモ

(scherzando)＊1
（はしゃいで）

Pagate la metà.
半分払ってくださいよ。

FERRANDO
フェルランド

(scherzando)＊2
（はしゃいで）

Pagate solo
払ってください、

ventiquattro zecchini!
24ヅェッキーノだけでも！

DON ALFONSO
ドン・アルフォンソ

Poveri innocentini!
哀れな坊やたちよ！

Venite qui＊3 vi voglio
こちらへ来なさい、君たちに

porre il ditino in bocca.
指をくわえさせてやりたい。＊4

GUGLIELMO
グリエルモ

E avete ancora
では、まだおありですね、

coraggio di fiatar?
おしゃべりする元気が？

DON ALFONSO
ドン・アルフォンソ

Avanti sera
夜を待たずに

ci parlerem.
我われ、話し合うことになる。＊5

FERRANDO
フェルランド

Quando volete.
お望みのときに。

DON ALFONSO
ドン・アルフォンソ

Intanto
ともあれ

silenzio, e ubbidienza
黙って、そして服従だ、

＊1　前ページ＊3を参照。
＊2　(DP台)このト書なし。前のグリエルモへのト書中のsempre(＝終始)に引き続き効力を発揮させるということだろう。なおこのト書は(Bä版)の補筆ではなく、(M手)から。
＊3　(DP台)同じ意味であるが“qua”。
＊4　“指をくわえる”とは、赤ん坊のやること。ドン・アルフォンソは2人を子供扱いにし、もう賭に勝った気になるとは甘い、これから本当のことを分からせてやろう、と茶化している。
＊5　ドン・アルフォンソが意味するところは、“夕方前に話は違ってくる、情況はこちらの味方だ”。

fino a doman mattina.
明日の朝までは。

GUGLIELMO グリエルモ
Siamo soldati, e amiam la disciplina.
僕らは軍人、で、規律は愛してます。

DON ALFONSO ドン・アルフォンソ
Orbene: andate un poco
さてそれでは、ちょっと行って
ad attendermi entrambi in giardinetto:
二人とも庭でわたしを待っていたまえ、
colà vi manderò gli ordini miei.
そこへわたしの指図を伝えることにするから。

GUGLIELMO グリエルモ
Ed oggi non si mangia?
それじゃ、今日、飯はぬきに？

FERRANDO フェルランド
Cosa serve?
それがどうした？
A battaglia finita
戦いすめば
fia la cena per noi più saporita.
その方が夕食は僕らにとって味わい深くなるさ。

N. 17 Aria　第17曲 アリア

FERRANDO フェルランド
Un'aura amorosa
僕たちの尊い宝の＊1
del nostro tesoro
愛の息吹は
un dolce ristoro
甘い安らぎを
al cor porgerà.
この心に与えてくれよう。
Al cor che nudrito
この心に、この
da speme d'amore,
愛の希望に養われ

＊1　この行と次行は原文と日本語訳の順序が入れ替わっている。

d'un'esca migliore
　それ以上の糧など
bisogno non ha.
　必要としない心に。
([Ferrando e Guglielmo] partono.)
（[フェルランドとグリエルモ] 退場する。）

SCENA XIII　第13景

［ **Don Alfonso solo, poi Despina**[*1]**.**
ドン・アルフォンソひとり、後からデスピーナ ］

Recitativo　レチタティーヴォ

DON ALFONSO ドン・アルフォンソ
Oh la saria da ridere: sì poche
　ああ、これはお笑い種ってものだろう、というのも実にわずかだ、
son le donne costanti in questo mondo;
　この世の中に操固い女は、
e qui ve ne son due... Non sarà nulla...
　それがここに二人いるとは…だがなんということもなかろう…
[(Entra Despina.)]
[（デスピーナ登場する。）]
Vieni vieni, fanciulla, e dimmi un poco
　おいで、おいで、娘や、そしてちょっと聞かしてくれ、
dove sono, e che fan le tue padrone.
　あんたのご主人方がどこにいて、何をしてるか。

DESPINA デスピーナ
Le povere padrone[*2]
　お可哀想なお嬢様方は
stanno nel giardinetto
　お庭にいらして
a lagnarsi[*3] coll'aria, e colle mosche
　風や蠅を相手に嘆いておいでですよ、

＊1　(M手)ではデスピネッタ Despinetta とあるが、このテキストでは(Bä 版)に従う。
＊2　(DP 台)"Le povere buffone お可哀想な道化様方は"。
＊3　(M 手)"lagnarsi 嘆く"でなく"sognarsi 夢見る"とあるが、(Bä 版)ではモーツァルトが lagnarsi と間違ったものとしている。このテキストは(Bä 版)に従う。

d'aver perso gli amanti.
恋人を失ったって。

DON ALFONSO ドン・アルフォンソ
E come credi
それでどう思うね、
che l'affar finirà? Vogliam sperare
この件がどう結着するか？望んでもよかろうか、
che faranno giudizio?
二人が分別らしくすると？

DESPINA デスピーナ
Io lo farei;
あたしならそうしますけど、
e dove piangon esse io riderei.
で、あの方たちが泣くところであたしなら笑います。
Disperarsi, strozzarsi
絶望するですって、首をくくるですって、
perché parte un amante?
恋人がいなくなるからって？
Guardate che pazzia!
考えてみてくださいな、なんて馬鹿なこと！
Se ne pigliano due s'uno va via.
二人、捕まえるべきです、一人が去っていくなら。

DON ALFONSO ドン・アルフォンソ
Brava! Questa è prudenza.
よろしい！それが思慮分別ってものだ。
(Bisogna impuntigliarla.)
（事は彼女に頼って進めるべきだな。）

DESPINA デスピーナ
È legge di natura
これは自然の法則ですよ、
e non prudenza sola: amor cos'è?
思慮分別ばかりでなくて、でも恋って何かしら？
Piacer, comodo, gusto,
楽しみ、快適、満足、
gioia, divertimento,
喜び、慰み、
passatempo[*1], allegria: non è più amore
気晴らし、陽気さ、で、もう恋ではないわ、

＊1　(DP 台)の綴りは passattempo。

se incomodo diventa:
もしそれが不快になったら、
se invece di piacer nuoce e tormenta.
もし好みに合うのでなく嫌だったり、苦しみ与えたりしたら。

DON ALFONSO ドン・アルフォンソ
Ma intanto quelle[*1] pazze...
だが、今のとこあの可笑しなご婦人らは…

DESPINA デスピーナ
Quelle pazze
あの可笑しな方たちは
faranno a modo nostro. È buon che sappiano
そのうち我われ流になりますよ。分かればそれで大丈夫、
d'esser amate da color.
あの男たちに愛されているって。

DON ALFONSO ドン・アルフォンソ
Lo sanno.
それは分かってるさ。

DESPINA デスピーナ
Dunque riameranno.
だったら、なびきますよ。
Diglielo, si suol dire,
よくいうでしょ、きっかけ作って[*2]
e lascia fare al diavolo.
あとは悪魔に任せよって。

DON ALFONSO ドン・アルフォンソ
E[*3] come
で、どう
far vuoi perché ritornino
するつもりだね、男どもは出ていってしまったから[*4]
or che partiti sono, e che li sentano
彼らにここへ戻ってきてもらって、そして彼らの話を聞き
e tentare si lascino
彼らに誘惑されるようにするには、
queste tue bestioline?
そのあんたのお馬鹿さんたちが？

＊1　(DP 台) queste＝この。
＊2　原意は“人にそれを言って”。諺では、“耳に虫を入れて”といった表現を使う。
＊3　(DP 台) Ma＝だが。
＊4　ここでは原文と日本語訳の語順を同じにすることは難しく、“男どもはもう行ってしまったから”の部分の原文は次行、“ ここへ戻ってきてもらって ”がこの行となる。

DESPINA
デスピーナ

A me lasciate
あたしに任せてください、
la briga di condur tutta la macchina*[1].
からくり全体、操る面倒は。
Quando Despina macchina*[1] una cosa
デスピーナが事を仕組めば
non può mancar d'effetto: ho già menati
うまく行かないなんてあり得ません、すでにあたしは引き回しました、
mill'uomini pel naso,
千人の殿方の鼻を、
saprò menar due femmine*[2]. Son ricchi
女二人くらい引き回せるでしょうよ。でも金持ちかしら、
i due Monsieurs*[3] Mustacchi?
あの二人のお髭様は？

DON ALFONSO
ドン・アルフォンソ

Son ricchissimi!
超金持ちさ！

DESPINA
デスピーナ

Dove son?
どこにいますの？

DON ALFONSO
ドン・アルフォンソ

Sulla strada
道で
attendendomi stanno.
わたしを待っているところだ。

DESPINA
デスピーナ

Ite e sul fatto
じゃ、行って、すぐさま
per la picciola porta
脇の扉から
a me riconduceteli: v'aspetto
彼らをあたしのところへ連れてきてください、待ってますから、
nella camera mia:
あたしは自分の部屋で、
purché tutto facciate
すべてやってくださりさえすれば、

＊1 (DP台)の綴りはmachina。
＊2 (DP台)の綴りはfemine。
＊3 (DP台)、(M手)共にフランス語の正字法でなく、発音からの綴りでmonsùと記している。

quel ch'io v'ordinerò, pria di domani,
あたしがあなた様にこれから指図することを、そしたら明日を待たず
i vostri amici canteran vittoria:
あなた様の友人たちは勝利を宣することでしょう、
ed essi avranno il gusto, ed io la gloria.
そしてあの方々は満足を、あたしはご褒美を得ることでしょう。
(Partono.)
（二人、退場する。）

Giardinetto gentile. Due sofà d'erba[*1] **ai lati.**
優美な小庭。両脇にふたつの庭園用ベンチ

SCENA XIV 第14景

Fiordiligi, Dorabella.
フィオルディリージ、ドラベッラ

N. 18 Finale 第18曲 終曲

FIORDILIGI e DORABELLA
フィオルディリージとドラベッラ

Ah che tutta in un momento
ああ、なんてすべて一瞬のうちに
si cangiò la sorte mia...
わたしの運命は変わったの…
Ah che un mar pien di tormento
ああ、なんて苦しみに満ちた海なの、
è la vita omai per me.
今もうわたしにとって人生は。
Finché meco il caro bene
愛しい恋人をわたしといっしょに
mi lasciar le ingrate stelle,
無情な運命の星がさせておいてくれたうちは

＊1 sofà "d'erba"は直訳すると"草の"ソファーということで、"庭園用"ベンチと訳した。が、イタリア語の表現として d'erba で庭園用となる例はどこにも見当たらない。あるいは"sofà d'erba"で柔らかな芝生を意味するかもしれないが、第２幕第４景の場面設定にも sedili "d'erba" と同様の表現があり、ここでは芝生とは考えにくいので"庭園用"の椅子状のものとして訳した。また、ある家具雑誌で、ソファー全体に芝生状の本物の草を貼り付けた製品の写真を目にしたことがあり、あるいはそうしたものか……。

non sapea cos'eran pene,
　わたしは苦痛が何か知らなかったわ、
non sapea languir cos'è.
　悩みやつれるのが何か知らなかったわ。

SCENA XV　第15景

［ **Le suddette; Guglielmo, Ferrando e Don Alfonso; poi Despina.** *1
前景の姉妹二人、グリエルモ、フェルランド、そしてドン・アルフォンソ、後からデスピーナ ］

FERRANDO e GUGLIELMO フェルランドとグリエルモ
[(dentro le quinte)]
［(舞台袖の内側で)］
Si mora sì, si mora
死ぬのがいいんだ、そうだ、死ぬのがいいんだ、
onde appagar le ingrate.
酷(むご)いご婦人方を満足させるために。

DON ALFONSO ドン・アルフォンソ
[(dentro le quinte)]
［(舞台袖の内側で)］
C'è una speranza ancora;
まだ希望はある、
non fate, oh dei, non fate.
やめろ、まさか、やめたまえ。

FIORDILIGI e DORABELLA フィオルディリージとドラベッラ
Stelle, che grida orribili!
まあ、なんて凄まじい叫び声！

FERRANDO e GUGLIELMO フェルランドとグリエルモ
Lasciatemi!
放してください！

DON ALFONSO ドン・アルフォンソ
Aspettate!
待ちたまえ！

[(Ferrando e Guglielmo, portando ciascuno una boccetta, entrano seguiti da Don Alfonso.)]
［(フェルランドとグリエルモがそれぞれ小瓶を持って、あとにドン・アルフォンソが続いて登場する。)］

FERRANDO e GUGLIELMO フェルランドとグリエルモ
L'arsenico mi liberi
砒素に僕を解き放ってもらおう、
di tanta crudeltà.
こんなすごい酷さから。

＊1　(DP 台)景の人物名で、フェルランド、グリエルモ、ドン・アルフォンソの３人に dentro le quinte(＝舞台袖の内側で)とある。

(Bevono e gittan via le boccette[*1]*; nel voltarsi vedono le due donne.)*
(薬を飲み、瓶を投げる、振り向きながら２人の女を見る。)

FIORDILIGI e DORABELLA フィオルディリージとドラベッラ

Stelle, un velen fu quello?
まあ、それって毒でしたでしょ？

DON ALFONSO ドン・アルフォンソ

Veleno buono e bello,
よく効く大した毒で
che ad essi in pochi istanti
わずかの間にあの者たちから
la vita toglierà.
命を奪うでしょう。

FIORDILIGI e DORABELLA フィオルディリージとドラベッラ

Il tragico spettacolo
痛ましい光景が
gelare il cor mi fa.
私の心を凍らせますわ。

FERRANDO e GUGLIELMO フェルランドとグリエルモ

Barbare, avvicinatevi;
ひどいお方たち、近づいてきてください、
d'un disperato affetto
絶望した思いがもたらす
mirate il tristo effetto
哀れな結果をとくとご覧ください、
e abbiate almen pietà.
そしてせめても憐れみをお持ちください。

FIORDILIGI e DORABELLA フィオルディリージとドラベッラ

Il tragico spettacolo
痛ましい光景が
gelare il cor mi fa.
私の心を凍らせますわ。

＊1 (DP 台) il nappo (＝酒杯)。続いて Nel voltarsi〜と新たな文にしている。
(次頁より)＊1 (DP 台)この行と次行はフェルランド、グリエルモの２人に、続く４行はフィオルディリージ、ドラベッラ、ドン・アルフォンソの３人に割り当てている。

FIORDILIGI, DORABELLA, FERRANDO, GUGLIELMO e DON ALFONSO
フィオルディリージ、ドラベッラ、フェルランド、グリエルモ、そしてドン・アルフォンソ

Ah che del sole il raggio*1
ああ、なんと太陽の光が
fosco per me diventa.
わたしにとって暗くなる。
Tremo: le fibre, e l'anima
体が震え、身も、そして心も
par che mancar si senta,
力が抜けていくような感じがする、
né può la lingua, o il labbro
舌は叶わない、あるいは唇も、
accenti articolar.
言葉を発することが。

DON ALFONSO
ドン・アルフォンソ

Giacché*2 a morir vicini
すでに死が近いので、
sono quei meschinelli,
あの気の毒な者たちは、
pietade almeno a quelli
だからせめてあの者たちに慈悲を
cercate di mostrar.
示してやってください。

FIORDILIGI e DORABELLA
フィオルディリージとドラベッラ

Gente, accorrete, gente!
誰か、早く来て、誰か！
Nessuno, oddio, ci sente!
誰にも、ああもう、聞こえないわ！
Despina!
デスピーナ！

DESPINA
デスピーナ

(di dentro)
（舞台裏で）
Chi mi chiama?
どなたがお呼びです？

FIORDILIGI e DORABELLA
フィオルディリージとドラベッラ

Despina!
デスピーナ！

DESPINA
デスピーナ

(in scena)
（舞台に出て）

＊1　前頁参照。
＊2　(DP 台)Già che。

Cosa vedo?*1
どうしたこと？
Morti i meschini io credo,
この可哀想な人たち死んでる、とあたしは思います、
o prossimi a spirar.
でなければ息を引きとりかけてます。

DON ALFONSO
ドン・アルフォンソ
Ah che purtroppo è vero!
ああ、なんと残念ながら、その通り！
Furenti, disperati,
激昂(げっこう)して、絶望して
si sono avvelenati:
毒をあおったのだ、
oh amore singolar!
ああ、並ならぬ愛よ！

DESPINA
デスピーナ
Abbandonar i miseri
哀れな人たちを見捨てるのは
saria per voi vergogna:
皆様にとってやはり恥でしょう、
soccorrerli bisogna.
だから救う必要がございますよ。

FIORDILIGI, DORABELLA e DON ALFONSO
フィオルディリージ、ドラベッラ、そしてドン・アルフォンソ
Cosa possiam mai far?
何が、一体、できるか？

DESPINA
デスピーナ
Di vita ancor dàn segno:
まだ生きてる印がありますよ、
colle pietose mani
そのお情け深い手で
fate un po' lor sostegno;
ちょっとあの人たちを支えてあげてください、
[(a Don Alfonso)]
[(ドン・アルフォンソに)]
e voi con me correte:
それからあなた様はあたしと急いで来てください、

＊1　原文の直訳は"わたしは何を見ている？"。前出の註"何を聞いた？"と同様、思いもよらないことに出会った驚きを表す表現。

un medico, un antidoto
お医者様や解毒剤を
voliamo a ricercar.
あたしどもは捜しに走りましょう。
[(Parte con Don Alfonso.)]
[(ドン・アルフォンソと退場する。)] *1

FIORDILIGI e DORABELLA フィオルディリージとドラベッラ
Dei, che cimento è questo!
ああもう、なんて試練でしょう、これは！
Evento più funesto
これより忌わしい出来事なんて
non si potea trovar.
これまであり得なかったわ。

FERRANDO e GUGLIELMO フェルランドとグリエルモ
(a parte)
（他から離れて）
Più bella commediola *2
これより見事な茶番劇など
non si potea trovar!
これまであり得なかったな。
Ah!
ああ！

FIORDILIGI e DORABELLA フィオルディリージとドラベッラ
(stando lontano dagli amanti)
（求愛者たちから離れたところにいながら）
Sospiran gli infelici.
不幸な人たち、溜息してよ。

FIORDILIGI フィオルディリージ
Che facciamo?
どうしましょう？

DORABELLA ドラベッラ
Tu che dici?
あなた、意見は？

FIORDILIGI フィオルディリージ
In momenti sì dolenti
こんな痛ましいときに
chi potriali abbandonar?
誰ならこの人たちを見捨てられるかしら？

＊1　(Bä 版)による補筆で、(DP 台)にも(M手)にも、このト書はない。とすると(DP 台)ではドン・アルフォンソはどこか隠れた場所で舞台に留まっていることになるか？　次ページの＊２参照。
＊2　(DP 台)co<u>m</u>ediola。

DORABELLA ドラベッラ

(Si accosta un poco.)[*1]
（少し近寄る。）

Che figure interessanti!
なんて興味を引く姿！

FIORDILIGI フィオルディリージ

(Si accosta un poco.)[*1]
（少し近寄る。）

Possiam farci un poco avanti.
少し前へ進んでもいいわね。

DORABELLA ドラベッラ

Ha freddissima la testa.
頭がひどく冷たくてよ。

FIORDILIGI フィオルディリージ

Fredda fredda è ancora questa.
こちらもやっぱり冷え冷えよ。

DORABELLA ドラベッラ

Ed il polso?
じゃ、脈は？

FIORDILIGI フィオルディリージ

Io non gliel sento.
わたし、この人にそれ感じられないわ。

DORABELLA ドラベッラ

Questo batte lento lento.
こちらはゆっくりゆっくり打っててよ。

FIORDILIGI e DORABELLA フィオルディリージとドラベッラ

Ah se tarda ancor l'aita,
ああ、助けがさらに遅れたら
speme più non v'è di vita.
命の望みはもうないわ。
Poverini! La lor morte
お気の毒な人たち！この人たちの死は
mi farebbe lagrimar.
わたしに涙させるでしょうね。

FERRANDO e GUGLIELMO[*2] フェルランドとグリエルモ

Più domestiche e trattabili
より打ち解けて優しげに
sono entrambe diventate:
二人ともなってきてるぞ、

＊1　(DP台)譜面のように1人ずつでなく、(s'accostano un poco)と複数にして2人へのト書にしている。

＊2　(DP台)“a parte＝他の2人と離れて”と指定してドン・アルフォンソにもこの4行を割り当てている。譜面では彼は加わらないが、この前の段階でデスピーナに促されて医者等を呼びに出ていき、舞台上にいないはずであるので、ここに加わることはできないだろう。この前の註に記したように、(DP台)にも(M手)にもデスピーナとドン・アルフォンソの“退場”に関するト書きはなく、この対訳にそれがあるのは、ドン・アルフォンソとデスピーナの台詞のやりとりから当然“退場する”として補筆した(Bä版)に従ったためである。

sta' a veder che lor pietate
　見守っておけよ、彼女たちの同情が
va in amore a terminar.
　ついに愛に変わるなんてことになるか。

SCENA XVI　第16景

I suddetti. Despina travestita da medico. [Don Alfonso[*1].]
前景の人物たち。医者に変装したデスピーナ。［ドン・アルフォンソ］

DON ALFONSO ドン・アルフォンソ
　Eccovi il medico,
　　さあ、お医者ですぞ、
signore belle.
　美しいお嬢様方。

FERRANDO e GUGLIELMO フェルランドとグリエルモ
　Despina in maschera,
　　デスピーナが化けてる、
che trista pelle!
　なんておかしな扮装（ふんそう）だ！

DESPINA デスピーナ
　Salvete amabiles[*2]
　　乞御機嫌、麗々
bones puelles!
　善良嬢殿方！

FIORDILIGI e DORABELLA フィオルディリージとドラベッラ
　Parla un linguaggio
　　このお方は言葉を話されるわね、
che non sappiamo.
　わたしたちの分からないのを。

DESPINA デスピーナ
　Come comandano
　　ご指定のごとく
dunque parliamo:
　それでは、話しましょう、

＊１　(DP 台)にこの名なし。前註２つに記したように、(DP 台)のドン・アルフォンソは退場が明記されていないので、i suddetti の中に含まれることになるだろう。
＊２　この行と次行はラテン語。(DP 台)は２行目に"Bonae puellae"とあり、ラテン語としてはこちらの方が正しい。モーツァルトは小間使いのデスピーナに難しいラテン語をあまり正確に喋らせるのを避けたのだろうか。

so il greco e l'arabo,
わしは知っとります、ギリシャ語にアラビア語を、
so il turco e il vandalo;
知っとります、トルコ語にヴァンダル語を*1、
lo sveco, e il tartaro
スウェーデン語を、そしてダッタン語を
so ancor parlar.
さらにまた話せます。

DON ALFONSO
ドン・アルフォンソ

Tanti linguaggi
多くの言葉は
per sé conservi.*2
ご自身のためとっておかれませ。
Quei miserabili
あの哀れな者たちを
per ora osservi:
さし当たって今は見てください、
preso hanno il tossico;
彼らは毒を飲みました、
che si può far?
何がなせましょうか？

FIORDILIGI e DORABELLA
フィオルディリージとドラベッラ

Signor dottore,
お医者先生、
che si può far?
何がなせましょうか？

DESPINA
デスピーナ

*(Tocca il polso e la fronte all'uno**3 *ed all'altro.)*
（1人、もう1人と手首と額に触れる。）
Saper bisognami
わしは知る必要がありますな、
pria la cagione
まず初めに動機、
e quinci l'indole
それに次いでは性分、

＊1　もともとゲルマニアの東北部のオーデル河地方に住んでいたヴァンダル人の言語。
＊2　お医者のデスピーナにドン・アルフォンソはわざと尋常ならぬ丁寧さで、敬称 Lei で語る。前へ戻るが、お医者は、姉妹に初めて言葉を発するのに Loro（敬称 Lei の複数）を用いている。
＊3　微妙な意味の違いがあるが、(DP 台)は ad uno と冠詞なし。

della pozione;
水薬のな、
se calda, o frigida,
つまり熱いか、冷たいか
se poca, o molta,
少しか、多くか
se in una volta,
一度にか
ovvero in più.*1
それとも何度にもか。

FIORDILIGI, DORABELLA e DON ALFONSO フィオルディリージ、ドラベッラ、そしてドン・アルフォンソ
Preso han l'arsenico,
砒素を飲みました、
signor dottore;
お医者先生、
qui dentro il bebbero,
それをここのなかへ飲みまして
la causa è amore,
理由は愛、
ed in un sorso
そして一口で
sel mandar giù.
飲み込みました。

DESPINA デスピーナ
Non vi affannate,*2
心配なさいますな、
non vi turbate;
狼狽(うろた)えなさいますな、
ecco una prova
さあ、お目にかけます*3、
di mia virtù.
我が腕前のほどを。

＊1　(DP 台)ovvero なく、"bebberla o in più"と"(一度か)それとも何度も飲んだか"と、動詞"飲む"が入る。
＊2　ここで医者は姉妹に敬称を Loro から voi に変えて語る。
＊3　原意は(さあ、)実演／実技／実証を、(次行)我が腕前の。

FIORDILIGI, DORABELLA e DON ALFONSO[*1]
フィオルディリージ、ドラベッラ、そしてドン・アルフォンソ

Egli ha di un ferro
彼は何か鉄片を
la man fornita.
手にされる。

DESPINA
デスピーナ

Questo è quel pezzo
これなるはあの
di calamita:
磁石の一片、
pietra mesmerica!
メスメル氏[*2]の石ですぞ！
Ch'ebbe l'origine
これは生まれは
nell'Alemagna,
ドイツ国でして
che poi sì celebre
それがその後これほど有名に
là in Francia fu.
あちらのフランス国でなりました。

(Despina tocca con un pezzo di calamita la testa ai finti infermi e striscia dolcemente i loro corpi per lungo.)[*3]
（デスピーナは一片の磁石で仮病の病人たちの頭に触れ、それから体に沿わせてそっと這わせる。）

FIORDILIGI, DORABELLA e DON ALFONSO
フィオルディリージ、ドラベッラ、そしてドン・アルフォンソ

Come si muovono,
なんと身を動かし
torcono, scuotono,
よじり、ゆすっていることか、
in terra il cranio
地面に頭蓋骨を
presto percuotono.
すぐにもぶつけてしまう。

DESPINA
デスピーナ

Ah lor la fronte
さあ、この人たちの額を

＊1　(DP 台)ドン・アルフォンソはこの台詞に加わらない。
＊2　メスメル(1734－1815)は哲学、神学、医学を修め、医者として初め磁石の治療効果を、次いで催眠術の治療効果を説いたが、教会と医学界の反感をかい、追われるようにして故国のオーストリアを離れパリへ移った。パリでは評判をとるが、数年後パリも捨て、世に知られぬまま没した。モーツァルト父子とは個人的な面識、付き合いがあったという記録が残っている。
＊3　(DP 台)このト書は、デスピーナのこの7行詩節の前のデスピーナの台詞の後(di mia virtù の後)に位置している。

tenete su.

持ち上げておいてください。

FIORDILIGI e DORABELLA フィオルディリージとドラベッラ

Eccoci pronte.

こうして私ども、すぐに。

(Metton la mano alla fronte degli amanti.) *1

（求愛者たちの額に手をかける。）

DESPINA デスピーナ

Tenete forte!

しっかり持ってください！

Coraggio! Or liberi

頑張って！これでもう解放されます、

siete da morte.

あなた方は死から。

FIORDILIGI, DORABELLA e DON ALFONSO フィオルディリージ、ドラベッラ、そしてドン・アルフォンソ

Attorno guardano,

あたりを眺めている、

forze riprendono:

元気を取りもどす、

ah questo medico

ああ、このお医者は

vale un Perù.

ペルーほどの価値*2がある。

FERRANDO e GUGLIELMO フェルランドとグリエルモ

(Sorgono in piedi.)

（立ち上がる。）

Dove son! Che loco è questo!

僕はどこに！ここはなんの場所だ！

Chi è colui! Color chi sono!

その男は誰！この者たちは誰だ！

Son di Giove innanzi al trono?

ユピテルの玉座の前にいるのか？

(Ferrando a Fiordiligi) *3

（フェルランド、フィオルディリージに）

＊1 (DP 台)のト書は la man、dei due amanti（2人の求愛者たちの）。なお(Bä 版)は dei amanti であるが、このテキストは語法上正しい degli amanti と訂正した。(Bä 版)は恐らく(DP 台)の due を除き、次単語が母音で始まることに注意しなかったのであろう。

＊2 ヨーロッパ人にとって、最初のペルー攻落者たちから伝え聞いたことによると、ペルーは世界でいちばん富んだ国のように思われた。そこで“並外れて素晴らしい”という意味合いに“ペルーのような”という表現が生まれた。その後のペルーの悲劇にもかかわらず、この表現だけが残った。

＊3 (M手)からのト書。

(Guglielmo a Dorabella)[*1]

（グリエルモ、ドラベッラに）

Sei tu Palla, o Citerea?

あなた[*2]はパラス[*3]、それともキュテレイア？

No, tu sei l'alma mia dea:

いや、あなたは僕の至高の女神だ、

ti ravviso al dolce viso

あなただとその優しい顔で分かる、

e alla man ch'or ben conosco

それからこの手、今やよく知る手で、

e che sola è il mio tesor.

そしてこれだけが我が宝の手で。

([Ferrando e Guglielmo] abbracciano le amanti teneramente e bacian loro la mano ecc.)

（[フェルランドとグリエルモ、] 恋人たちを優しく抱擁し、彼女たちの手等に接吻する。）

DESPINA e DON ALFONSO デスピーナとドン・アルフォンソ

Son effetti ancor del tosco[*4],

まだ毒の影響です、

non abbiate alcun timor.

少しの心配もいりません。

FIORDILIGI e DORABELLA フィオルディリージとドラベッラ

Sarà ver, ma tante smorfie

そうでしょうが、でもこれほどのわざとらしい媚びは

fanno torto al nostro onor.

私たちの名誉にふさわしくありません。

FERRANDO e GUGLIELMO フェルランドとグリエルモ

(Dalla voglia ch'ho di ridere

（笑いたくてもう

il polmon mi scoppia or or.)[*5]

肺臓がすぐにも裂けるぞ。）

(alle amanti)

（恋人たちに）

＊1　(M手)からのト書。

＊2　毒のために正気を失った振りをするここで、“あなた”にそれまで使っていた敬称の“voi”をやめて親称の“tu”に変えている。これにより２人が姉妹に対して馴れ馴れしく接し始め、あとの抱擁と手への接吻につなげていこうとしていることが分かる。

＊3　パラスはギリシア神話の女神。アテナともいわれ、知恵、豊饒、戦術、工芸等をつかさどる。キュテレイアは前出。

＊4　(DP 台)意味に違いはないが“tossico”。

＊5　(DP 台)独白の（　）だけでなく、(a parte＝他から離れて／他に聞こえないように)とト書。なお(Bä 版)では or or が繰返しの中で数回 or ror と誤植が見られる。

Per pietà, bell'idol mio!
後生だ、美しき我が愛してやまぬ君よ！

FIORDILIGI e DORABELLA
フィオルディリージとドラベッラ

Più resister non poss'io.
これ以上、私は我慢できません。

FERRANDO e GUGLIELMO
フェルランドとグリエルモ

Volgi a me le luci liete.
僕に喜ばしき瞳を向けてください。

DESPINA e DON ALFONSO
デスピーナとドン・アルフォンソ

In poch'ore lo vedrete,
間もなくそう目にされますよ、
per virtù del magnetismo
磁力の効能により
finirà quel parossismo,
あの発作はおさまり
torneranno al primo umor.
二人はもと通りの気分に戻るでしょう。

FERRANDO e GUGLIELMO
フェルランドとグリエルモ

Dammi un bacio, o mio tesoro,
僕に口づけを与えてください、我が宝よ、
un sol bacio, o qui mi moro.
一つだけ口づけを、さもないとここで死にます。

FIORDILIGI e DORABELLA
フィオルディリージとドラベッラ

Stelle! Un bacio?
まあ、そんな！口づけを？

DESPINA e DON ALFONSO
デスピーナとドン・アルフォンソ

Secondate
叶えてやってください、
per effetto di bontate.
親切をほどこして。

FIORDILIGI e DORABELLA
フィオルディリージとドラベッラ

Ah che troppo si richiede
ああ、それはあまりに求めすぎです、
da una fida onesta amante,
操かたく誠実な恋する女に、
oltraggiata è la mia fede,
私の真(まこと)は辱(はずかし)められ
oltraggiato è questo cor.
この心は辱められます。

Disperati, attossicati,
絶望して、毒にやられて

ite al diavol quanti siete!
あなた方みんな悪魔のもとへお行きなさい！
Tardi inver vi pentirete
ほんと手遅れになりますよ、後悔しても、
se più cresce il mio furor.
私の苛立ちがもっと大きくなったなら。

DESPINA e DON ALFONSO
デスピーナとドン・アルフォンソ

Un quadretto più giocondo
これより愉快な光景は
non si vide in tutto il mondo;
世界中どこだって見られなかった、
quel che più mi fa da ridere
わたしが何より笑わされるのは
è quell'ira e quel furor.
あの憤りとあの苛立ち。
Ch'io ben so che tanto foco
けれどわたしにはよく分かっている、これほどの炎も
cangerassi in quel d'amor.
恋のそれにこれから変わるだろうと。

FERRANDO e GUGLIELMO
フェルランドとグリエルモ

Un quadretto più giocondo
これより愉快な光景は
non s'è visto in questo mondo;
この世界で見られたことがない、
ma non so se finta o vera
だが分からないぞ、偽りか本物か、
sia quell'ira e quel furor.
あの憤りとあの苛立ちは。
Né vorrei che tanto foco
僕としてはなってほしくない、こんなすごい炎が
terminasse in quel d'amor.
恋のそれになって終わるなんてことに。

Fine dell' Atto primo　第1幕 終り

［参考］ 差替え前の 第1幕第11景 グリエルモの N. 15 アリア（K. 584）

GUGLIELMO
(a Fiordiligi)
Rivolgete a lui lo sguardo
e vedrete come sta:
tutto dice, io gelo, io ardo…
idol mio, pietà, pietà.
(a Dorabella)
E voi, cara, un sol momento
il bel ciglio a me volgete,
e nel mio ritroverete
quel che il labbro dir non sa.
Un Orlando innamorato
non è niente in mio confronto:
d'[*2] un Medoro il sen piagato
verso lui per nulla io conto.[*4]
Son di foco i miei sospiri,
son di bronzo i suoi desiri.
Se si parla poi di merto,
certo io sono, ed egli è certo,
che gli uguali non si trovano
da Vienna[*5] al Canadà.
Siam due Cresi per ricchezza,
due Narcisi per bellezza,

グリエルモ
（フィオルディリージに）
彼に眼差しをお向けください、
そしたらどんな様子かご覧になれましょう、
誰もが申します、私、身が凍ります、私、身が燃えます…
私の憧れのお方、お慈悲を、お慈悲を。
（ドラベッラに）
それから貴女は、愛しのお方、ほんの一瞬
わたしにお目を廻らせてください、
そしたらこの目にお見つけになれましょう、
唇が語れないことを。
恋するオルランド[*1]といった人物も
わたしと比べれば取るに足らぬ存在です、
メドーロ[*3]といった人物の傷ついた胸も
それとてわたしはまったく何も気にいたしません。
わたしの吐息はまさに火です、
その欲するところは唐金のごとしです。
持てる長所について語るなら、
わたしは確か、彼も確かでありますが、
同等の者はおりません、
ウィーンからカナダまで。
富については我われ、二人のクロイソス[*6]、
見目良さについては二人のナルシス[*7]です、

＊1　ボイアルドの叙事詩『恋するオルランド』の主人公。絶世の美女で東方（レヴァンテ）の王女、アンジェリカに想い焦がれるキリスト軍の騎士。
＊2　（Bä 版）d' がなく、Medoro であるが、誤植と考えられるので訂正した。
＊3　前出の『恋するオルランド』の続編といえる、アリオストの叙事詩『狂えるオルランド』中のサラセンの兵士。サラセン軍の勇士ダルディネッロに付き従いフランス戦線で戦うが敗北。死して曝（さら）される主人の遺骸を取り戻そうと、同じ兵士で無二の親友であるクロリダーノと夜陰に紛れて戦場へ赴くが、敵に見つかり、友は死に、メドーロは胸に深手を負って気を失う。そこへ前出の美しきアンジェリカが来合わせ、彼を介抱、それまでオルランドをはじめどれほど多くの男に熱狂的に愛されても取り合わなかった彼女だったが、彼に心魅かれてついに結婚する。オルランドはそれを伝え知り、悲しみ、落胆、嫉妬のために正気を失い、物語のタイトル通り“狂えるオルランド”となる。
＊4　（Bä 版）句読点が“：”となっているが、意味上“．”がより良いと考えた。2行先の“．”も同様。
＊5　（DP 台）では dal Sebeto（＝セベート川から）。この川はイタリア、カンパーニャ地方を流れ、ナポリ湾に注ぐ。
＊6　古代リディアの王（在位前560－546）。その巨富で知られる。
＊7　ギリシア神話の美少年。水に映る自分の姿に恋い焦がれ、憔悴して死に、後にスイセンの花に化身する。

in amor i Marcantoni
verso noi sarian buffoni,
siam più forti di un Ciclopo,
letterati al par di Esopo,
se balliamo, un Pich ne cede,
sì gentil e snello è il piede.
Se cantiam col trillo solo
facciam torto all'usignuolo;
e qualch'altro capitale
abbiam poi che alcun non sa.
(Le ragazze partono con collera.)
Bella bella! tengon sodo:
se ne vanno ed io ne godo;
eroine di costanza,
specchi son di fedeltà.
(Ferrando e Guglielmo cominciano a ridere un poco.)

愛においてはマルクス・アントニウス[*1]たちといえど
我らに比べれば道化でしょう、
我われはキュクロプス[*2]といった人物より強く
イソップ同様に学識があり、
踊ればピック[*3]という者も我らに降参し、
足はかほどに優雅にして軽やかです。
歌えばトリルだけでも
サヨナキドリに顔色なからしめます、
そしてそのほか何某(なにがし)か大したものを
誰も知る由のないのをさらに持っています。
（女性たちは怒って退場していく。）
いいぞ、いいぞ！彼女たちは堅固だ、
立ち去っていく、これでこれに僕は満足だ、
彼女たちは真心の女傑、
貞節の鑑だ。
（フェルランドとグリエルモ、少しばかり笑い始める。）

＊1　マルクス・アントニウスは、シーザー亡き後オクタヴィアヌス、レピドゥスと共にローマの第二回三頭政治を開く将軍。クレオパトラとの史実は良く知られ、シェイクスピアの「アントニーとクレオパトラ」もこれによる。詩句の中ではMarc'Antonio(イタリア語の人名としてはこれが正字法の綴り)でなくMarcantoniと複数形であるので、この名を持つそうした人たちということになる。
＊2　ギリシア神話の一つ目の巨人。
＊3　当時の有名なイタリア人舞踊家。

第2幕

ATTO SECONDO

ATTO II
第2幕

Camera.
室内

SCENA I　第1景

[**Fiordiligi, Dorabella e Despina.**
フィオルディリージ、ドラベッラ、そしてデスピーナ]

Recitativo　レチタティーヴォ

DESPINA デスピーナ
Andate là, che siete
へえ、そうですかしら、なんてあなた様方、
due bizzarre ragazze!
お二人、おかしなお嬢様ですこと！

FIORDILIGI フィオルディリージ
Oh cospettaccio*1!
まあ、油断がならない！
Cosa pretenderesti?
じゃ、どうしろというの？

DESPINA デスピーナ
Per me nulla.
あたしのためには何も。

FIORDILIGI フィオルディリージ
Per chi dunque?
だったら誰のために？

DESPINA デスピーナ
Per voi.
お二人のために。

DORABELLA ドラベッラ
Per noi?
わたしたちのため？

＊1　原文の cospettaccio は驚きを表す間投詞として使われているが、原形 cospetto ── 原意：面前、顔、思考、等のほかに驚きを表す間投詞となる ── に軽蔑、悪化、劣化等の意味を添える接尾辞 - accio が付されたもので、非常に品が悪い。登場人物の中でデスピーナや男性陣が発するならともかく、良家の躾(しつけ)良く、礼儀正しいはずのフィオルディリージが口にすることは普通ではないだろう。これによってこの場でフィオルディリージがどれほど常と異なる精神状態にあり、デスピーナの言葉に強い反応をするかが垣間見られるだろう。

DESPINA
デスピーナ

Per voi.
お二人のために。

Siete voi donne, o no?
お二人は女、それとも違いまして？

FIORDILIGI
フィオルディリージ

E per questo?
で、それだったら？

DESPINA
デスピーナ

E per questo
で、それでしたら

dovete far da donne.
女らしくなさるべきです。

DORABELLA
ドラベッラ

Cioè?
てことは？

DESPINA
デスピーナ

Trattar l'amore en bagatelle.
気軽に恋とつきあうこと。

Le occasioni belle
よい機会は

non negliger giammai; cangiar a tempo,
けして逃がさないことです、時により移り気になり

a tempo esser costanti,
時により貞淑であり

coquettizzar con grazia,
お品よく媚(こび)を見せ

prevenir la disgrazia sì comune
殿方を信じ込む者に[*1]

a chi si fida in uomo,
とてもよくある禍(わざわい)を招かないようにし

mangiar il fico, e non gittare il pomo.
イチジク食べて、でもリンゴを捨てないことです。

FIORDILIGI
フィオルディリージ

(Che diavolo!) Tai cose
（なんて跳ねっかえり！[*2]）そうしたことは

fàlle tu, se n'hai voglia.
おまえがなさい、そうした望みがあるなら。

＊１　この行と次行は原文と日本語の順序が入れ替わっている。
＊２　原意は“なんて悪魔”。

DESPINA
デスピーナ

Io già le faccio.
あたしはもうやってます。

Ma vorrei che anche voi
でも望みたいものですわ、あなた様方にも

per gloria del bel sesso
女性の名誉のために

faceste un po' lo stesso: per esempio,
ちょっと同じようにしていただけたらと、たとえば、

i vostri Ganimedi
お二人のガニュメデス*1 は

son andati alla guerra; infin che tornano
戦場へおいでになった、だからお帰りになるまで

fate alla militare: reclutate.
軍隊式になさいませ、つまり新兵募集なさいませ。

DORABELLA
ドラベッラ

Il cielo ce ne guardi.
天がわたしどもをご加護くださいますよう。*2

DESPINA
デスピーナ

Eh che noi siamo in terra, e non in cielo!
あら、あたしども地上におりますのに、天でなく！

Fidatevi al mio zelo: già che questi
あたしのお奨(すす)めを信用なさいませ、今お話しの*3

forastieri v'adorano,
よその国のお方たち、お二人を崇(あが)めてるのですから

lasciatevi adorar. Son ricchi, belli,
崇めさせておあげなさいまし。お金持ちで美男で

nobili, generosi, come fede
貴族で、鷹揚(おうよう)ですわ、その保証を

fece a voi Don Alfonso; avean coraggio
ドン・アルフォンソがお二人にされたように、そして勇気もあって、

di morire per voi; questi son merti
お二人のために死ぬだけの、で、こういうのは大事なこと、

＊1　ギリシア神話でゼウスのために酒の酌をするトロイアの美少年、そこから稚児、若く優美で女性の扱いのうまい男性、情夫の意となった。

＊2　あまりに恐ろしいこと、ひどいことを聞いて、“そんなことがないように、決して起こらないように”という願いの言葉。

＊3　原文の questi はこの(異国のお方たち)であるが、彼らはこの場にいないので quei(＝あの)が妥当では…。“この”であるのは、作劇法として、舞台上ないが、この景の前に女性３人が彼らを話題にしていて近くの存在と感じているのを示すためであろう。そのためこの訳とした。

che sprezzar non si denno
蔑ろにされるべきではありません、
da giovani qual voi belle e galanti;[*1]
お二人のように美しく艶事に向き
che pon star senza amor, non senza amanti.
愛情なしでいられても恋人なしでいられない若い女性によって。
(Par che ci trovin gusto.)
(お気に召しているようね。)

FIORDILIGI
フィオルディリージ
Per Bacco, ci faresti
とんでもない、もしやわたしたちに
far delle belle cose.
そんなひどいことさせようとでも。
Credi tu che vogliamo
おまえ思うの、わたしたちが
favola diventar degli oziosi?
暇人の噂の種になりたがるなんて?
Ai nostri cari sposi
わたしたちの愛しい許婚に
credi tu che vogliam dar tal tormento?
おまえ思うの、そんな苦痛をわたしたちが与えたがるなんて?

DESPINA
デスピーナ
E chi dice che abbiate
誰が言ってます、お二人で
a far loro alcun torto?
あの方たちに何か悪さをしろなんて?
(Amiche, siamo in porto.)[*2]
(今やお仲間のお嬢様方、わたしたち安全でしてよ。)

DORABELLA
ドラベッラ
Non ti pare che sia torto bastante
じゅうぶんな悪さとおまえには思われなくて、
se noto si facesse
もしも知れたりしたら、
che trattiamo costor?
あんな人たちとおつき合いしていると?

＊1　(Bä版)は“;”であるが、(DP台)は“,”であり、意味上“;”である理由はないと考えられる。“,”と訂正はしないが、訳は“,”として試みた。
＊2　この1行は音楽付けされなかった。原意は“友よ、わたしたちは港の中にいる”。

DESPINA
デスピーナ

Anche per questo
それについても
c’è un mezzo sicurissimo;
たいそう安全な方法がございます、
io voglio sparger fama
あたしが噂を流すといたしますわ、
che vengono da me.
あたしのところへ来るんだって。

DORABELLA
ドラベッラ

Chi vuoi che il creda?
誰がそれを信じると思うの？

DESPINA
デスピーナ

Oh bella! Non ha forse
まあ、ご挨拶だこと！もしやないと、
merto una cameriera
小間使いには値打ちが、
d’aver due cicisbei? Di me fidatevi.
色男を二人持つだけの？あたしにお任せなさいまし。

FIORDILIGI
フィオルディリージ

No no: son troppo audaci
駄目、駄目、だって厚かましすぎるわ、
questi tuoi forastieri.
おまえの言うその異邦人たちは。
Non ebber la baldanza
大胆不敵だったのじゃなくて、
fin di chieder dei baci?
接吻を求めるほどまでに？

DESPINA
デスピーナ

(Che disgrazia!)
（どんな面倒だって言うの！）*1
Io posso assicurarvi
あたしには請け合えます、
che le cose che han fatto
あの人たちがやったことは
furo effetti del tossico che han preso.
飲んだ毒のせいだったと。
Convulsioni, deliri,
痙攣（けいれん）に人事不省に

＊1 “そんなの大したことじゃないわ、いいじゃないの”というほどの意味。

follie, vaneggiamenti;
　錯乱に譫妄(せんもう)状態、
ma or vedrete come son discreti,
　でも今ならお分かりになりますよ、どんなに弁(わきま)えがあり
manierosi, modesti, e mansueti.
　丁寧でひかえ目でおとなしいか。
Lasciateli venir.
　来てもらってごらんなさいまし。

DORABELLA ドラベッラ
E poi?
　でもそれで？

DESPINA デスピーナ
E poi...
　でもそれで…
caspita! Fate voi.
　まっ、嫌ですわ！お二人でなさいませ。
(L'ho detto che cadrebbero.)
　(言った通り二人はおそらく落ちるわ。)

FIORDILIGI フィオルディリージ
Cosa dobbiamo far?
　わたしたちは何しなければならないの？

DESPINA デスピーナ
Quel che volete.
　お好きなことを。
Siete d'ossa, e di carne, o cosa siete?
　お二人は骨と肉でおできでしょ、でなきゃ、何です？

N. 19 Aria　第19曲 アリア

DESPINA デスピーナ
Una donna a quindici*1 anni
　女も15歳になれば
dèe saper ogni gran moda:
　世の中のことはみな知らなければ、
dove il diavolo ha la coda,*2
　悪魔はどこにシッポがあるか、

＊1　(DP 台) ラテン語風に qindeci と綴っている。
＊2　この行は(DP 台)も(M手)も同じ、ここに見る詩句であるが、オペラ再演に際して検閲後に出版された台本(1790年６月)では、次のように変えられた、"Quel che il cor più brama e loda＝心がより望み、称えるものを(知らなければ)"。

cosa è bene, e mal cos'è.
　何がよくって何が悪いか。
　Dèe saper le maliziette
　　恋人たちを夢中にさせる*1
che innamorano gli amanti:
　手管も知らなければ、
finger riso, finger pianti,
　作り笑いも空涙もできなければ、
inventar i bei perché.
　うまい言いわけも考え出せなければ。
　Dèe in un momento
　　いちどきに
dar retta a cento,
　百人に耳を傾け
colle pupille
　目くばせで
parlar con mille,
　千人と話し
dar speme a tutti
　男すべてに気を持たせられなければ、
sien belli, o brutti,
　それが美男でも醜男でも、
saper nascondersi
　どぎまぎせずに*1
senza confondersi,
　本心を隠し、
senza arrossire
　赤くならずに
saper mentire,
　嘘つく術を身につけなければ、
e qual regina
　そして女王様のように
dall'alto soglio
　高い玉座から

＊1　この行と次行は原文と日本語の順序が入れ替わっている。

col posso e voglio

当然です、望みます[*1]と

farsi ubbidir.

自分に従わす術を身につけねば。

(Par ch'abbian gusto

（気に入ったようだわね、

di tal dottrina,

こうした教えが、

viva Despina

上出来よ、デスピーナ、

che sa servir.)

お役目果たせるってものよ。）

(Parte.)

（退場する。）

SCENA II　第２景

Fiordiligi e Dorabella.
フィオルディリージとドラベッラ

Recitativo　レチタティーヴォ

FIORDILIGI フィオルディリージ

Sorella, cosa dici?

ねえ、あなたの意見は？

DORABELLA ドラベッラ

Io son stordita

わたしはびっくりよ、

dallo spirto infernal di tal ragazza.

ああした娘の空恐ろしい心根に。

FIORDILIGI フィオルディリージ

Ma credimi: è una pazza.

信じてちょうだい、彼女、頭がおかしいのよ。

Ti par che siamo in caso

あなたに思えて、わたしたちがあるなんて、

＊1　この行の原文の“posso”、“voglio”は、支配権を持つえらい者が“高飛車に命令する”ときに“私はできるのである(posso)”と表現し、“実行しろ”のときに“私は望む”と表現する。そうした表現を使うような態度で男に対峙しろと、デスピーナは姉妹に言っている。

di seguir suoi consigli?
彼女の忠告に従うってことが?

DORABELLA ドラベッラ
Oh certo, se tu pigli
あら、もちろんよ、あなたがもし考えればね、
pel rovescio il negozio.
話を逆さまに。

FIORDILIGI フィオルディリージ
Anzi io lo piglio
とんでもない、わたしは考えるわ、
per il suo vero dritto:
事をまっすぐのままに、
non credi tu delitto
あなた、罪と思わなくて、
per due giovani omai promesse spose
すでに婚約している二人の若い女にとって
il far di queste cose?
そんなことをするなんて?

DORABELLA ドラベッラ
Ella non dice
彼女は言ってなくてよ、
che facciamo alcun mal.
わたしたちが何か悪いことするんだとは。

FIORDILIGI フィオルディリージ
È mal che basta
十分なほど悪いわ、
il far parlar di noi.
わたしたちのことが噂の種になるのは。

DORABELLA ドラベッラ
Quando si dice
でも噂するのだから、
che vengon per Despina!
デスピーナがお目当てで来るのだって!

FIORDILIGI フィオルディリージ
Oh tu sei troppo
まあ、あなたはあまりに
larga di coscienza! E che diranno
良心が鷹揚すぎてよ!だってなんて仰るかしら、
gli sposi nostri?
わたしたちの許婚が?

DORABELLA
ドラベッラ

Nulla:
何も、
o non sapran l'affare
だってあの方たちが事情を知ることにならず
ed è tutto finito;
すべて終わってるか、
o sapran qualche cosa, e allor diremo
何事か知ったら、その時はわたしたちは言うのですもの、
che vennero per lei.
彼女がお目当てで来たのですって。

FIORDILIGI
フィオルディリージ

Ma i nostri cori?
でもわたしたちの心は？

DORABELLA
ドラベッラ

Restano quel che sono;
今の通りそのままよ、
per divertirsi un poco, e non morire
少し楽しんで、そして死なないようにしても、
dalla malinconia
寂しさのために、
non si manca di fé, sorella mia.
操に欠けはしなくてよ、お姉様。

FIORDILIGI
フィオルディリージ

Questo è ver.
それはほんとね。

DORABELLA
ドラベッラ

Dunque?
だったら？

FIORDILIGI
フィオルディリージ

Dunque
だったら
fa' un po' tu: ma non voglio
あなた少しなさいな、でもわたしは嫌よ、
aver colpa se poi nasce un imbroglio.
責任を取るのは、あとで面倒が起きて。

DORABELLA
ドラベッラ

Che imbroglio nascer deve
どんな面倒が起きなければいけないの、
con tanta precauzion? Per altro ascolta:
とてもよく用心していて？それより、聞いて、

per intenderci[*1] bene,
はっきりさせときたいのだけれど、
qual vuoi sceglier per te de' due Narcisi?
あの二人のナルシス[*2]のうち、あなたならどちらを選びたくて？

FIORDILIGI フィオルディリージ
Decidi tu, sorella.
あなたお決めなさいな、ねっ。

DORABELLA ドラベッラ
Io già decisi.
わたしはもう決めたわ。

N. 20 Duetto　第20曲 二重唱

DORABELLA ドラベッラ
Prenderò quel brunettino,
わたしはあの黒髪をとることにしてよ、
che più lepido mi par.
こっちのほうが面白そうなので。

FIORDILIGI フィオルディリージ
Ed intanto[*3] io col biondino
そういうことならわたしの方は金髪と
vo' un po' ridere e burlar.
ちょっと笑ったり、ふざけたりしたいわ。

DORABELLA ドラベッラ
Scherzosetta ai dolci detti
ちょっぴりお遊びで、あの方の[*3]甘い言葉に
io di quel risponderò.
わたし、応えることにしましょ。

FIORDILIGI フィオルディリージ
Sospirando i sospiretti
溜め息して、もう一人の方の[*4]溜め息を

＊1　(DP 台) intendersi。大きな意味の違いはないが、-ci では“私たちのあいだで”、-si では“一般的に人々の間で、つまり、話の流れとして”というほどか。
＊2　ギリシア神話中の美少年。泉に映った自分の美しい姿に恋い焦れて憔悴して死に、のちに水仙に化身する。ナルシシズム、ナルシストの語源。
＊3　“intanto”を“そういうことなら”としたが、それはドラベッラが“黒髪をとる”なら残った方の“金髪にする”、であろうが、言葉の綾(あや)として“どのみち／何にしても／もともと”彼の方をとるつもりだったからちょうど良かった、という意味にもなり得る。とすると、フィオルディリージはあまり乗り気でなかったが、ドラベッラに釣られてこの話に同調すると解釈されがちであるかも知れないが、そうばかりでなく、あるいはすでに自身の中に興味が少なからず湧いていたことがうかがえると考えられなくもないだろう。
＊4　この語の原文は次行の dell'altro。

└io dell'altro imiterò.
わたし、まねることにしましょ。

DORABELLA
ドラベッラ
Mi dirà: ben mio mi moro!
わたしに仰るわ、恋しいお方、僕は死にそうだ！

FIORDILIGI
フィオルディリージ
Mi dirà: mio bel tesoro!
わたしに仰るわね、僕の美しい宝！

FIORDILIGI e DORABELLA
フィオルディリージとドラベッラ
Ed intanto che diletto!
そうなったらなんという楽しみかしら！
Che spassetto io proverò.
なんという気晴らしを、わたし、味わうことになるかしら。

(Partono e s'incontrano in Don Alfonso.)
（退場しかけてドン・アルフォンソと出くわす。）

SCENA III　第３景

Le suddette e Don Alfonso.
前景の２人とドン・アルフォンソ

Recitativo　レチタティーヴォ

DON ALFONSO
ドン・アルフォンソ
Ah correte al giardino,
さあ、急いで庭へ、
le mie care ragazze! Che allegria!
我が愛（いと）しのお嬢さん方！なんたる楽しさか！
Che musica! Che canto!
なんたる音楽！なんたる歌！
Che brillante spettacolo! Che incanto!
なんたる華やかな催し！なんたる魅惑！
Fate presto, correte!
早くなさい、お急ぎなさい！

DORABELLA
ドラベッラ
Che diamine esser può?
まあ一体、なんなのでしょう？

DON ALFONSO
ドン・アルフォンソ
Tosto vedrete.
すぐに分かりますよ。

(Partono [tutti].)
（[全員、] 退場する。）

Giardino alla riva del mare con sedili d'erba e due tavolini di pietra.
Barca ornata di fiori, con banda di stromenti.
庭園用の椅子数脚と石の小テーブルが2台ある海辺の庭。
楽隊が乗っている、花で飾られた舟。

SCENA IV 第4景

Ferrando e Guglielmo, Despina. Servi riccamente vestiti.
Coro di musici ecc. *1**Poi Fiordiligi, Dorabella e Don Alfonso.**
フェルランドとグリエルモ、デスピーナ。盛装した召使たち。楽士たちなどの一団。
その後フィオルディリージ、ドラベッラ、そしてドン・アルフォンソ

N. 21 Duetto con Coro 第21曲 合唱付二重唱

FERRANDO e GUGLIELMO フェルランドとグリエルモ

Secondate, aurette amiche,
味方してくれ、好意ある微風よ、
secondate i miei desiri;
味方してくれ、僕の願いに、
e portate i miei sospiri
そして届かせておくれ、僕の溜め息を
alla dea di questo cor.
この心の女神のもとへと。
Voi che udiste mille volte
おまえたちは幾度となく聞いている、
il tenor delle mie pene,
僕の苦悩のそのわけを、
ripetete al caro bene
なれば愛しい恋人に伝えておくれ、
tutto quel che udiste allor.
そのとき聞いたことのすべてを。

CORO 合唱

Secondate, aurette amiche,
味方してくれ、優しい微風よ、
il desir di sì bei cor.
かほどに美しき心の願いに。

＊1 (DP台)景の人物として、Dorabella, Fiordiligi, Don Alfonsoを先においている。ということはpoi(=その後)なし。

(Nel tempo del ritornello di questo coro, Ferrando e Guglielmo scendono con catene di fiori; Don Alfonso e Despina li conducono davanti le due amanti, che resteranno ammutite ed attonite.)

（この合唱のリフレインの間に花綱に繋がれたフェルランドとグリエルモが舟から下りる、彼らをドン・アルフォンソとデスピーナが恋人２人の前へ導き、彼女たちは驚き無言のままになる。）

Recitativo　レチタティーヴォ

DON ALFONSO
ドン・アルフォンソ

(ai servi che portano un bacile con fiori)
（花を生けた１つの水盤を運んでくる召使たちに）
Il tutto deponete
すべて並べてくれたまえ、
sopra quei tavolini, e nella barca
あの小テーブルの上に、そして舟へ
ritiratevi, amici.
戻ってくれたまえ、みんな。

FIORDILIGI e DORABELLA
フィオルディリージとドラベッラ

Cos'è tal mascherata?
なんですの、こうした仮装の宴は？

DESPINA
デスピーナ

Animo, via, coraggio: avete perso
しっかり、さあ、勇気を出して、お忘れですか、
l'uso della favella?
しゃべり方を？

FERRANDO
フェルランド

Io tremo, e palpito
僕は震え、どきどきしている、
dalla testa alle piante.
頭から足の裏まで。

GUGLIELMO
グリエルモ

Amor lega le membra a vero amante.
愛がまこと恋する者の手足を縛っていて。

DON ALFONSO
ドン・アルフォンソ

(alle donne)
（姉妹に）
Da brave incoraggiateli[*1].
ここは聞き分けよく、彼らを勇気づけておやりなさい。

FIORDILIGI
フィオルディリージ

(agli amanti)
（求愛者たちに）

＊1　(DP 台) incoraggiteli。譜面の綴りが正字法。

Parlate.
お話しください。

DORABELLA ドラベッラ
Liberi dite pur quel che bramate.
自由にお望みのことを仰いませ。

FERRANDO フェルランド
Madama...
ご令嬢様…

GUGLIELMO グリエルモ
Anzi, madame...
いや、ご令嬢様方…

FERRANDO フェルランド
Parla pur tu.
君が話せよ。

GUGLIELMO グリエルモ
No no, parla pur tu.
いやいや、君が話せよ。

DON ALFONSO ドン・アルフォンソ
Oh cospetto del diavolo!
やれやれ、どうしようもない!
Lasciate tali smorfie
やめたまえ、時代遅れの*1
del secolo passato. Despinetta,
そんな引っ込み思案は。デスピネッタ、
terminiam questa festa,
こんなお祭りは終わりにしよう、
fa' tu con lei quel ch'io farò con questa.
あんたは彼女とやってくれ、わたしがこちらとやることを。

N. 22 第22曲*2

DON ALFONSO ドン・アルフォンソ
*(prendendo*3 per mano Dorabella. Despina prende Fiordiligi ecc.)*
(ドラベッラの手を取って。デスピーナ、フィオルディリージを引き受ける等する。)
La mano a me date,
わたしに手をお出しになり
movetevi un po'.
ちょっとお運びください。

＊1 原文では"時代遅れの"は次行"引っ込み思案は"はこの行。
＊2 第22曲に"四重唱"と曲名を付している版も見られるが、(M手)にはなく、(Bä 版)はそれに従っているのでこのテキストもなし。
＊3 (DP 台)動詞 prendere のジェルンディオ prendendo でなく、prende。後に続く prende と同じ活用形で同じ意味。

(agli amanti)
（求愛の恋人たちに）
Se voi non parlate,
君たちが話さないからには
per voi parlerò.
君たちに代わりわたしが話すとしよう。
Perdono vi chiede
あなた様に許しを乞うております、
un schiavo tremante;
震えながらに奴隷めが、
v'offese, lo vede,
あなた様のお気を損ねた、それは分かりおります、
ma solo un istante;
でもそれはほんの一瞬、
or pena, ma tace,＊1
今や苦しみ、言葉もなく、

FERRANDO e GUGLIELMO
フェルランドとグリエルモ
... tace,
…言葉もなく、

DON ALFONSO
ドン・アルフォンソ
or lasciavi in pace;
今やあなた様をそっといたしおき、

FERRANDO e GUGLIELMO
フェルランドとグリエルモ
...in pace;
…そっと、

DON ALFONSO
ドン・アルフォンソ
non può quel che vuole,
望むことはいたすべくもなく
vorrà quel che può.
いたせることを望むでしょう。

FERRANDO e GUGLIELMO
フェルランドとグリエルモ
(con un sospiro)
（溜め息まじりに）
non può quel che vuole,＊2
望むことはいたすべくもなく

＊１　(DP 台）ここに（gli amanti ripetono tutte le ultime parole colla stessa cantilena＝求婚者たちはすべての最後の単語をまさに哀調込めて繰り返す）とト書。このテキストでは、繰り返しの部分を譜面に沿って文字にしたが、(DP 台）ではト書のみでフェルランドとグリエルモの実際の詩句はない。
＊２　(DP 台）ここに（ripetono due versi interi con un sospiro＝２行全体を溜め息まじりに繰り返す）とト書。前註同様、ここでも（DP 台）には実際のフェルランドとグリエルモの詩句はない。このテキストでは譜面に沿ってそれを入れたが、譜面には（M手）が（DP 台）のト書の一部から採り入れた（con un sospiro）がある。

vorrà quel che può.
いたせることを望むでしょう。

DON ALFONSO
ドン・アルフォンソ

Su via, rispondete:*1
さあ、ほら、答えてやってください、
guardate, e ridete?
ただ眺め、笑ってるのですか？

DESPINA
デスピーナ

(Si mette davanti le due donne.)
（２人の姉妹の前に進み出る。）
Per voi la risposta
お二人に代わりお答えを
a loro darò.
あたしがあの方たちにしましょう。

Recitativo　レチタティーヴォ*2

DESPINA
デスピーナ

Quello ch'è stato è stato.
あったことは、あったことです。
Scordiamci del passato;
過去のことは忘れましょう、
rompasi omai quel laccio
今や千切られますように、あの綱は、
segno di servitù.
奴隷の印のあれは。
(Despina prende la mano di Dorabella, Don Alfonso quella di Fiordiligi e fa rompere i lacci agli amanti, cui mettono al braccio dei medesimi.)
（デスピーナがドラベッラの、ドン・アルフォンソがフィオルディリージの手を取り、それから求愛者の恋人たちに綱を千切らせ、それを彼らの腕につける。）
A me porgete il braccio:
わたしに腕をお差しのべください、

＊1　(DP 台)前註のように、これの前のフェルランドとグリエルモはないので、このドン・アルフォンソの詩句は前のドン・アルフォンソの vorrà quel che può. に途切れることなく続く。
＊2　(Bä 版)ではレチタティーヴォとしているが、詩形からは第22曲の継続と考えられる。そのためテキストとしては詩節に分けないレチタティーヴォの形でなく ── 詩行の音節数としては7音節でレチタティーヴォの形であるが ──、4行、2行、4行詩節として整えた。(Bä 版)がレチタティーヴォとしたのは、レチタティーヴォのような感覚で演奏がなされることを想定してか…。

né sospirate più.
　もう溜め息をおつきにならずに。

DESPINA e DON ALFONSO
デスピーナとドン・アルフォンソ
(a parte)[*1]
（他から離れて）
Per carità, partiamo,
やってられない、我々は消えるとしよう、
quel che san far veggiamo.
そして彼らがやれることを見ていよう。
Le stimo più del diavolo
わたしは彼女たちを悪魔よりも尊敬する、
s'ora non cascan giù.
これでなお落ちなければ。
([Despina e Don Alfonso] partono.)
（［デスピーナとドン・アルフォンソ、］退場する。）

SCENA V　第５景

Guglielmo al braccio di Dorabella. Ferrando e Fiordiligi senza darsi braccio. Fanno una piccola scena muta guardandosi, sospirando, ridendo ecc.
ドラベッラと腕を組んだグリエルモ。腕を組まずにいるフェルランドとフィオルディリージ。互いに見つめ合い、溜め息をつき、笑う等しながら、しばし沈黙の場となる

Recitativo　レチタティーヴォ

FIORDILIGI フィオルディリージ
Oh che bella giornata!
まあ、なんてよいお日和り！

FERRANDO フェルランド
Caldetta anzi che no.[*2]
暑めで、どちらかと言えば。

DORABELLA ドラベッラ
Che vezzosi arboscelli!
なんて愛嬌のある若木！

GUGLIELMO グリエルモ
Certo certo, son belli:
確かに確かに、美しい、

＊１　(DP 台) この後に“sotto voce”と続く。譜面は音楽用語としての扱い。
＊２　ここからのフェルランド、フィオルディリージ、グリエルモ、ドラベッラの４人が発する４つの台詞は、受け答えの仕方も使われる単語もおよそ突飛で、滑稽そのものである。

han più foglie che frutti.
果実より葉が多くて。

FIORDILIGI
フィオルディリージ
Quei viali
あの道は

come sono leggiadri.
なんとお淑(しと)やかなこと。

Volete passeggiar?
散歩あそばしませんこと？

FERRANDO
フェルランド
Son pronto, o cara,
すぐにも、愛しいお方、

ad ogni vostro cenno.
なんなりあなたのご指示に。

FIORDILIGI
フィオルディリージ
Troppa grazia!
過ぎますご好意！

FERRANDO
フェルランド
(nel passare a Guglielmo)
（すれ違いながらグリエルモに）

(Eccoci alla gran crisi.)
（いよいよ正念場だ。）

FIORDILIGI
フィオルディリージ
Cosa gli avete detto?
あの方に何をおっしゃいまして？

FERRANDO
フェルランド
Eh gli raccomandai
はあ、彼に勧めたのです、

di divertirla bene.
お相手をよくお楽しませするように。

DORABELLA
ドラベッラ
Passeggiamo anche noi.
私どもも散歩いたしましょう。

GUGLIELMO
グリエルモ
Come vi piace.
お気に召すように。

(Passeggiano.)
（散歩する。）

(dopo un momento di silenzio)
（しばし沈黙の後に）

Ahimè.
ああ、つらい。

DORABELLA
ドラベッラ
Che cosa avete?
どうかあそばしまして？

GUGLIELMO グリエルモ

Io mi sento sì male,
　私はとても気分が悪く
sì male, anima mia,
　とても悪く、私の大事なお方、
(Gli altri due fanno scena muta in lontananza.)
　(もう一方の２人が遠くに言葉はなく姿を見せる。)
che mi par di morire.
　死にそうなほどでして。

DORABELLA ドラベッラ

(Non otterrà nientissimo.)
　(ぜんぜんなんの効果もなくてよ。)*1
Saranno rimasugli
　余韻でございましょう、
del velen che beveste.
　お飲みになられた毒の。

GUGLIELMO グリエルモ

(con fuoco)
　(熱っぽく)
Ah che un veleno assai più forte io bevo
　ああ、どれほどか私はもっとずっと強い毒を飲んでいます、
in questi*2 crudi, e focosi
　この酷い、燃えさかる
Mongibelli amorosi!
　恋の火山*3で！
*(Gli*4 altri due entrano in atto di passeggiare.)*
　(もう一方の２人、散歩しながら舞台袖へ入る。)

DORABELLA ドラベッラ

Sarà veleno calido:
　お熱い毒なのでしょうね、
fatevi un poco fresco.
　少しお涼みあそばせ。

＊1　原文の文字通りの意は“(彼は)全然何も獲得しないだろう／達成しないだろう”。(DP 台)ではこれをグリエルモの台詞としている。であると、前のト書で“フェルランドとフィオルディリージが離れたところを歩いているのが見える”とあり、その様子を見て“(フェルランドはああしても)全然(彼女を)ものにできないだろうさ”と独白するということになる。
＊2　(DP 台)que’。譜面は questi であるので、この詩行の音節の数が１つ増え、８音節詩行となって定型から外れる。
＊3　火山にあたる原文の単語は“Mongibelli”。単数にすると Mongibello で、シチリアのエトナ火山の別名。
＊4　(DP 台)li altri ～としている。

GUGLIELMO
グリエルモ

Ingrata, voi burlate
無慈悲にも、あなたは茶化される、
ed intanto io mi moro! (Son spariti:
その間にもこちらは死ぬというのに！(あいつたち消えた、
dove diamin son iti?)
一体全体どこへ行ったんだ？)

DORABELLA
ドラベッラ

Eh via non fate...
あら、そんな、おやめに…

GUGLIELMO
グリエルモ

Io mi moro, crudele, e voi burlate?
私が死ぬのに、冷たいお方だ、あなたは茶化すのですね？

DORABELLA
ドラベッラ

Io burlo! io burlo!
茶化す！私が茶化す！

GUGLIELMO
グリエルモ

Dunque
それでは
datemi qualche segno, anima bella,
何か証をください、美しい大事なお方、
della vostra pietà.
あなたの憐れみの。

DORABELLA
ドラベッラ

Due se volete:
お望みでしたら二つでも、
dite quel che far deggio, e lo vedrete.
私がすべきことを仰いませ、そしたらそれをご覧になれますわ。

GUGLIELMO
グリエルモ

(Scherza, o dice davvero?)
(冗談か、それとも本気で言ってるのか？)
Questa picciola offerta
このささやかな贈り物を
d'accettare degnatevi.
お受けになられてください。

DORABELLA
ドラベッラ

Un core?
ハート型？

GUGLIELMO
グリエルモ

Un core: è simbolo di quello
ハートです、それのシンボルです、
ch'arde languisce, e spasima per voi.
あなたゆえ燃え、やつれ、そして悶えるそれの。

DORABELLA ドラベッラ
(Che dono prezioso!)
（なんて高価な贈り物！）

GUGLIELMO グリエルモ
L'accettate?
受けてくれますか？

DORABELLA ドラベッラ
Crudele!
ひどいお方！
Di sedur non tentate un cor fedele.
貞淑な心を誘惑しようとなさらないでください。

GUGLIELMO グリエルモ
(La montagna vacilla:
（山が揺らいでいる、
mi spiace, ma impegnato
残念だが、しかしかかっているからな、
è l'onor di soldato.)
兵士の信義が。）
V'adoro!
あなたを熱愛しています！

DORABELLA ドラベッラ
Per pietà...
お願いですから…

GUGLIELMO グリエルモ
Son tutto vostro!
私はすべてあなたのものです！

DORABELLA ドラベッラ
Oh dei!
ああ、そんな！

GUGLIELMO グリエルモ
Cedete, o cara...
その気になられてください、愛しいお方よ…

DORABELLA ドラベッラ
Mi farete morir...
私を死なせますのね…

GUGLIELMO グリエルモ
Morremo insieme,
ともに死にましょう、
amorosa mia speme.
私の愛の希望たるお方。
L'accettate?
受けてくださいますね？

DORABELLA ドラベッラ
(dopo breve intervallo con un sospiro)
（短い間をおいてから、溜め息まじりに）

L'accetto.
お受けしますわ。

GUGLIELMO グリエルモ
(Infelice Ferrando!) Oh che diletto!
(可哀想なフェルランド！) ああ、なんという喜び！

N. 23 Duetto 第23曲 二重唱

GUGLIELMO グリエルモ
Il core vi dono,
ハートをあなたに差し上げます、
bell'idolo mio;
私の愛してやまぬお方、
ma il vostro vo' anch'io,
でも私もあなたのがほしいのです、
via datelo a me.
さあ、私にそれをください。

DORABELLA ドラベッラ
Mel date lo prendo,
私にそれをくださる、のなら頂戴します。
ma il mio non vi rendo,
でも私のは差し上げられません、
invan mel chiedete,
それをお求めになられても無駄ですわ、
più meco ei non è.
もうそれは私のところにございません。

GUGLIELMO グリエルモ
Se teco non l'hai*1
もし君のところに持ってないなら
perché batte qui?
なぜここで鼓動しているの？

DORABELLA ドラベッラ
Se a me tu lo dai*2
もしあなたがわたしにくださるのなら

＊1 2人はここまで相手に対して“あなた”に敬称の“voi”を使って会話を交わしてくるが、ここで求愛者を装うグリエルモは親称の“tu”に切りかえる。ということは、遠慮した態度から一歩踏み出して相手に迫り始めたことが分かる。
＊2 前のグリエルモの台詞に呼応して、ドラベッラもまた“敬称のあなた”である“voi”を使うのをやめ、親称の“tu”で話し始め、彼女は相手に心を許したことになる。

└ che mai balza lì?
何が一体そこで躍ってますの？

DORABELLA e GUGLIELMO ドラベッラとグリエルモ
È il mio coricino
わたしの小さな心ですが
che più non è meco,
これはもうわたしのところにありません、
ei venne a star teco,
あなたといっしょになってしまって
ei batte così.
そのようにドキドキしています。

GUGLIELMO グリエルモ
(Vuol mettergli[*1] *il core dov'ha il ritratto dell'amante.)*
（彼女が恋人の絵姿をつけている場所にハート型をつけようとする。）
Qui lascia che il metta.
これをここにつけさせてほしい。

DORABELLA ドラベッラ
Ei qui non può star.
それはここには駄目でしてよ。

GUGLIELMO グリエルモ
T'intendo, furbetta.
分かった、お利口さん。

DORABELLA ドラベッラ
Che fai?
何をなさるの？

GUGLIELMO グリエルモ
Non guardar.
見ないで。
(Le torce dolcemente la faccia dall'altra parte, le cava il ritratto e vi mette il core.)
（彼女の顔をそっと反対側へ向けさせ、絵姿を外し、そこへハート型をつける。）

DORABELLA ドラベッラ
┌ (Nel petto un Vesuvio
（胸のなかにヴェスヴィオのような火山が
d'avere mi par.)
あるみたいだわ。）

GUGLIELMO グリエルモ
(Ferrando meschino!
（哀れなフェルランド！
└ possibil non par.)
本当とは思われない。）
L'occhietto a me gira.
可愛い目を僕のほうへ向けてごらん。

＊1　ダ・ポンテ／モーツァルト時代と異なり、現代イタリア語では metter<u>le</u> が順当な語法。

DORABELLA ドラベッラ	Che brami? 何をお望みに？
GUGLIELMO グリエルモ	Rimira, よく見て、 se meglio può andar. このほうがよく似合うかどうか。
DORABELLA e GUGLIELMO ドラベッラとグリエルモ	Oh*1 cambio felice ああ、変えてよかった、*2 di cori e d'affetti! ハートもハートの中味も！ Che nuovi diletti, なんという新しい喜び、 che dolce penar. なんという甘い痛み！ *(Partono abbracciati.)* （腕を取り合って退場する。）

SCENA VI　第６景

Fiordiligi e Ferrando.
フィオルディリージとフェルランド

Recitativo　レチタティーヴォ

FERRANDO フェルランド	Barbara! Perché fuggi*3? ひどい人！なぜ逃げるの？
FIORDILIGI フィオルディリージ	Ho visto un aspide, 見えたのですわ、毒蛇が

＊1　この詩句は繰り返して歌われるが、モーツァルトは繰り返しの部分の詩句では“oh”でなく“che＝なんと”としている。
＊2　ここの原文の意は“ああ、幸せな交換、／ハート、そしてハートの中味の！”。
＊3　求愛者を装っているフェルランド、そしてフィオルディリージは、この景で登場するとき、すでに“あなた”に敬称の“voi”でなく親称の“tu”を使って会話を交わしている（フィオルディリージについては次の次の台詞の“Tu vuoi～”参照）。そのことから、ドラベッラとグリエルモが“voi”から“tu”に変わる場面を舞台上で展開したのに対し、こちらの２人は登場前に何らかの交流がすでにあって、互いに親称“tu”を使うまでになっていることがうかがえる。

un'idra, un basilisco!
大蛇（ヒュドラ）が、蜥蜴（トカゲ）が！

FERRANDO
フェルランド
Ah crudel, ti capisco!
ああ、酷い、君のことが分かる！
L'aspide, l'idra, il basilisco, e quanto
毒蛇、大蛇、蜥蜴、さらにあらゆる
i libici deserti han di più fiero
リビアの砂漠にいるもっと残忍なものを
in me solo tu vedi.
君はひたすら僕のなかに見ているのだ。

FIORDILIGI
フィオルディリージ
È vero, è vero.
その通り、その通りです。
Tu vuoi tormi la pace.
あなたはわたしから平穏を奪おうとするのです。

FERRANDO
フェルランド
Ma per farti felice.
でも君を幸せにするために。

FIORDILIGI
フィオルディリージ
Cessa di molestarmi.
わたしを困らすのはやめてください。

FERRANDO
フェルランド
Non ti chiedo che un guardo.
一目（ひとめ）、としか僕はたのまない。

FIORDILIGI
フィオルディリージ
Partiti!
あっちへ行って！

FERRANDO
フェルランド
Non sperarlo,
それを望んではいけない、
se pria gli occhi men fieri a me non giri.
もっと険しくない目を僕に向けてくれるまでは。
O ciel! Ma tu mi guardi, e poi sospiri?
まさか！君は僕を見てくれ、そのうえ溜め息をするの？

N. 24 Aria　第24曲 アリア

FERRANDO
フェルランド
(lietissimo)
（喜びに喜んで）
Ah lo veggio, quell'anima bella
ああ、僕には分かる、あの美しい人は

al mio pianto resister non sa;
僕の涙に耐えきれはしない、
non è fatta per esser rubella
彼女は逆らうようにに生まれついてはいない、
agli affetti di amica pietà.
優しい憐憫という情愛に。
In quel guardo, in quei cari sospiri
その眼差しに、その優しい溜め息に
dolce raggio lampeggia al mio cor.
僕の心へ向けた甘い光がよぎる。
Già rispondi a' miei caldi desiri,
すでに僕の熱い思いに君は応えている、
già tu cedi al più tenero amor.
すでに君はこのうえなく甘い愛を受けてくれている。
Ma, tu fuggi, spietata, tu taci
なのに君は逃げ出し、無慈悲にも、口をつぐみ
ed invano mi senti languir!
そして僕が悲しみ嘆くのをただ聞いているだけか！
Ah cessate, speranze fallaci!
ああ、去ってくれ、偽りの希望よ！
La crudel mi condanna a morir.
酷いあの人は僕に死を宣している。
(Parte.)
（退場する。）

SCENA VII 第７景

Fiordiligi sola.
フィオルディリージ一人

Recitativo レチタティーヴォ

FIORDILIGI フィオルディリージ
Ei parte... Senti!... Ah no... partir si lasci,
あの方、行ってしまう…あの！…いえいえ、駄目…行ってしまってもらわねば、

si tolga ai sguardi miei l'infausto oggetto
　わたしの目の前からいなくなってもらわねば、忌わしい
della mia debolezza... A qual cimento
　わたしの弱さを招く人には…なんという試練に
il barbaro mi pose!... Un premio è questo
　あのひどい人はわたしをさらしたのかしら！…これが報いだわ、
ben dovuto a mie colpe!... In tale istante
　わたしの罪にとても当然な！…こんなときに
dovea di nuovo amante
　わたしは新しい恋人の
i sospiri ascoltar?... L'altrui querele
　溜め息に耳を傾けるべきだったの？…　人の嘆きを
dovea volger in gioco? Ah questo core
　面白がったりすべきだったの？ああ、この心を
a ragione condanni, o giusto amore!
　正しく責めておいでです、正義の愛よ！
Io ardo, e l'ardor mio non è più effetto
　わたしは熱く燃えているわ、でもわたしの熱い思いはもう
di un amor virtuoso: è smania, affanno,
　徳高い愛がもたらすのではないわ、逆上、悶え、
rimorso, pentimento,
　責め苦、後悔、
leggerezza, perfidia, e tradimento!
　軽率、不実、そして裏切りよ！
Guglielmo, anima mia! Perché sei tanto*1
　グリエルモ、わたしの大事なお人！なぜとても
ora lungi da me? solo potresti...
　今わたしから遠くにおいでに？あなたにだけおできでしょうに…
ahimè! tu mi detesti,
　ああ、でも悲しいことに！あなたはわたしを非難し、
mi rigetti, m'abborri... io già ti veggio
　はねつけ、憎み…わたしにはすでにあなたが見えるわ、
minaccioso, sdegnato; io sento io sento
　脅しつけ、怒り狂うあなたが、わたしは感じるわ、感じているの、

＊1　ここからの６行は音楽付けされず。

i rimproveri amari, e il tuo tormento.
厳しいお叱りを、そしてあなたの苦悩を。

N. 25 Rondò 第25曲 ロンド

FIORDILIGI
フィオルディリージ

Per pietà, ben mio, perdona
どうか、わたしの愛しいお方、許してください、
all'error d'un'alma amante;
恋する魂のなした過ちを、
fra quest'ombre, e queste piante,
この陰に、この木々のあいだに
sempre ascoso, oh dio, sarà.
過ちはずっと、ああ、神様、隠されましょう。
Svenerà quest'empia voglia
この邪（よこしま）な欲望を追い払うでしょう、
l'ardir mio, la mia costanza,
わたしの勇気が、わたしの操が、
perderà la rimembranza,
そして断ち切るでしょう、思い出を、
che vergogna e orror mi fa.
わたしに恥と恐怖をもたらす思い出を。
A chi mai mancò di fede
一体、誰に真（まこと）を欠いてしまったの、
questo vano, ingrato cor!
この軽率で情け知らずの心は！
Si dovea miglior mercede,
もっとよいお返しがあるべきだったのに、
caro bene, al tuo candor.
大切な恋人、あなたの清らかさには。
(Parte.)
（退場する。）

SCENA VIII　第８景

［ **Ferrando, Guglielmo.**
フェルランド、グリエルモ ］

Recitativo　レチタティーヴォ

FERRANDO フェルランド
(lietissimo)
（喜びに喜んで）
Amico, abbiamo vinto!
友よ、僕たちは勝った！

GUGLIELMO グリエルモ
Un ambo, o un terno?
２つ組[*1]か、３つ組[*1]か？

FERRANDO フェルランド
Una cinquina, amico; Fiordiligi
５つ組[*1]さ、君、フィオルディリージは
è la modestia in carne.
慎みの化身だよ。

GUGLIELMO グリエルモ
Niente meno?
まさに欠けるところなく？

FERRANDO フェルランド
Nientissimo; sta' attento,
まさにまったくなしさ、いいね、
e ascolta come fu.
彼女がどんなだったか聞くんだ。

GUGLIELMO グリエルモ
T'ascolto; di' pur su.
聞くさ、言ってくれ、さあ。

FERRANDO フェルランド
Pel giardinetto,
庭で
come eravam d'accordo,
かねて打ち合わせていた通り
a passeggiar mi metto;
散歩をし始める、
le dò il braccio; si parla
彼女に腕を貸し、話をする、

＊１　ロット lotto という賭け事になぞらえた表現と考えられる。この賭けでは、１から90までの数字の中から２つの数字、３つの数字、４つの数字、５つの数字の組み合わせを当てる。ここでは２つ組と３つ組と最高の５つ組を例にして貞節の度合いを尋ね合っている。

di mille cose indifferenti: alfine
あれこれたわい無いことを、そしてついに
viensi all'amor.
愛[*1]へといたる。

GUGLIELMO
グリエルモ
Avanti!
先へ！

FERRANDO
フェルランド
Fingo labbra tremanti,
唇が震えるふりをし、
fingo di pianger, fingo
泣くふりをし、また
di morir al suo piè...
彼女の足下で死ぬふりをする…

GUGLIELMO
グリエルモ
Bravo assai per mia fé!
なかなかやるな、まったく！
Ed ella?
で、彼女は？

FERRANDO
フェルランド
Ella da prima
彼女は初め
ride, scherza, mi burla...
笑い、ふざけ、僕をからかう…

GUGLIELMO
グリエルモ
E poi?
それから？

FERRANDO
フェルランド
E poi
それから
finge d'impietosirsi...
靡(なび)くふりをする…

GUGLIELMO
グリエルモ
Oh cospettaccio!
ほう、大したものだ！

FERRANDO
フェルランド
Alfin scoppia la bomba:
だがついに爆弾が破裂する、

＊1　愛と訳した amore は精神的愛(アガペー)と性愛(エロス)の意味があり、グリエルモは amor と聞いて心穏やかならず avanti(＝先へ)、と言ったかも知れない。彼とドラベッラは、第５景で心(ハート)のペンダントや愛情の交換をした後、手を取り合って舞台から姿を消した。そして舞台に登場しない人物について台本は何も言及しないが、その後の２人は……。何か親密な関係があったとしたら、フェルランドから amore という言葉が発せられたのを耳にして、重大な事に想像がおよんだかもしれない。

pura come colomba
　鳩のように純真に
al suo caro Guglielmo ella si serba,
　彼女は愛しのグリエルモ一筋だ、
mi discaccia superba,
　僕を高飛車に退け、
mi maltratta, mi fugge,
　邪険にあたり、逃げ出す、
testimonio rendendomi, e messaggio,
　僕を証人とし、伝令にしてね、
che una femmina ell'è senza paraggio.
　彼女が比類ない女だということの。

GUGLIELMO
グリエルモ
Bravo tu, bravo io,
　君は立派、僕も立派、
brava la mia Penelope!
　僕のペネロペイアも立派だ！
Lascia un po' ch'io ti abbracci
　ひとまず君を抱擁させてくれ、
per sì felice augurio,
　こんな嬉しい知らせのために、
o mio fido Mercurio.
　我が忠実なるメルクリウス[*1]よ。
(Si abbracciano.)
　（抱き合う。）

FERRANDO
フェルランド
E la mia Dorabella?
　で、僕のドラベッラは？
Come s'è diportata?
　どんな行動に出たかな？
Ah[*2] non ci ho neppur dubbio!
　ああ、疑いなんかないけどね！

＊1　(DP 台)では11音節の詩行で、o mio fedele messagier Mercurio（＝我が忠実なる伝令使のメルクリウスよ）。メルクリウスはローマ神話の神々の使いの神、また雄弁、職人、商人、盗賊の守護神。ここではフィオルディリージの行状を伝えてくれたので、フェルランドを情報伝達の使者としてメルクリウスと呼んだ。
＊2　(DP 台)は Oh。

(con trasporto)
（うっとりして）

Assai conosco
僕はよく知ってるんだ、
quella sensibil alma.
あの思いやり深い心を。

GUGLIELMO グリエルモ

Eppur un dubbio,
しかしね、疑いは、
parlandoti a quattr'occhi,
ここだけの話だが、*[1]
non saria mal, se tu l'avessi!
悪くないのでは、君の場合、持ったとしても！

FERRANDO フェルランド

Come?
なんだって？

GUGLIELMO グリエルモ

Dico così per dir! (Avrei piacere
そう言ってみただけさ！（できればしてやりたいのだが、
d'indorargli la pillola.)
嬉しい話になるように。*[2]）

FERRANDO フェルランド

Stelle! Cesse ella forse
まさか！もしや彼女が陥落した、
alle lusinghe tue? Ah s'io potessi
君の口説きに？ああ、僕にできるとでも、
sospettarlo soltanto!
そんなことを疑うだけでも！

GUGLIELMO グリエルモ

È sempre bene
いつだっていいことさ、
il sospettare un poco in questo mondo.
この世の中、少し疑ってみるのは。

FERRANDO フェルランド

Eterni dei! Favella: a foco lento
まさかそんな！話してくれ、とろ火でじわじわ
non mi far qui morir; ma no, tu vuoi
僕をこんな状況で死なせないでくれ、いや、違う、君は

＊1　原文の意は"４つの目で話す"。
＊2　原文の意は"丸薬を金色に飾る"。そこから"不快な、嫌なことをうまい言葉でごまかす、いいくるめる"となる。

prenderti meco spasso: ella non ama,
僕をからかいたいんだ、彼女は愛してない、
non adora che me.
崇拝してない、僕のほかは。

GUGLIELMO グリエルモ
Certo: anzi in prova
もちろんさ、まさしく証に、
di suo amor, di sua fede
彼女の愛と真の証に
questo bel ritrattino ella mi diede.
この素敵な絵姿を僕にくれたよ。

FERRANDO フェルランド
(furente)
（逆上して）
Il mio ritratto! Ah perfida!
僕の肖像を！ああ、不実な！

GUGLIELMO グリエルモ
Ove vai?
どこへ行く？

FERRANDO フェルランド
(come sopra)
（前と同様に）
A trarle il cor dal scellerato petto,
あの不埒(ふらち)な胸から心臓を引き出し
e a vendicar il mio tradito affetto.
それでもって裏切られた僕の思いに復讐しに。

GUGLIELMO グリエルモ
Fermati!
待てよ。

FERRANDO フェルランド
(risoluto)
（決然として）
No, mi lascia!
いや、ほっといてくれ！

GUGLIELMO グリエルモ
Sei tu pazzo?
君は気が変なのか？
Vuoi tu precipitarti
君は破滅したいのか、
per una donna che non val due soldi?
一文(いちもん)の価値もない女のために？
(Non vorrei che facesse
（しでかしてもらいたくないからな、

qualche corbelleria!)
何か馬鹿なまねを！）

FERRANDO フェルランド
Numi! Tante promesse,
それにしても！あれほどの約束を
e lagrime, e sospiri, e giuramenti,
それに涙を、それに溜め息を、それに誓いを
in sì pochi momenti
こんなわずかなあいだに
come l'empia obliò!
どうやってあの罰当り女は忘れたんだ！

GUGLIELMO グリエルモ
Per Bacco, io non lo so.
まったくだ、僕には分からないよ。

FERRANDO フェルランド
Che fare or deggio?
こうなったら僕はどうすべきだ？
A qual partito, a qual idea m'appiglio?
どんな方策、どんな考えにすがればいい？
Abbi di me pietà, dammi consiglio.
僕に同情してくれ、僕に忠告をくれ。

GUGLIELMO グリエルモ
Amico, non saprei
友よ、分かりそうもない、
qual consiglio a te dar.
君にどんな忠告をしたらいいか。

FERRANDO フェルランド
Barbara, ingrata,
ひどい女め、情知らずめ、
in un giorno! In poch'ore!
一日で！わずか数時間で！

GUGLIELMO グリエルモ
Certo un caso quest'è da far stupore!
確かに、これは驚くべき事態だ！

N. 26 Aria　第26曲 アリア

GUGLIELMO グリエルモ
Donne mie, la fate a tanti,
我がご婦人方、皆さんは多くの男にこうした仕打ちをなさる、
che se il ver vi deggio dir,
そこで本音を言わせていただくと

se si lagnano gli amanti
　恋人諸氏が嘆き不平を口にするならば
li comincio a compatir.
　わたしは先ず彼らに同情をする。
　Io vo' bene al sesso vostro,
　　わたしは皆さん方の性を好いている、
lo sapete, ognun lo sa;
　それは皆さん、ご存知だし、誰もそれを知っている、
ogni giorno ve lo mostro,
　わたしはそれを日々、皆さん方に示すし
vi do segno*1 d'amistà.
　友情の印も差し上げている。
　Ma quel farla a tanti a tanti
　　だが、その多くも多くの男にこうしたことをなさるのは
m'avvilisce in verità.
　わたしを、まこと、落胆させる。
　Mille volte il brando presi
　　千回もわたしは剣を取った、
per salvar il vostro onor.
　あなた方の名誉を救うために。
Mille volte vi difesi
　千回もあなた方を守った、
colla bocca e più col cor.
　言葉で、それにもまして心でもって。
　Ma quel farla a tanti a tanti
　　だが、その多くも多くの男にこうしたことをなさるのは
è un vizietto seccator.
　ちょっぴりやっかいな悪癖だ。
　Siete vaghe, siete amabili,
　　あなた方は雅（みやび）やか、あなた方は愛らしい、
più tesori il ciel vi die',
　数々の宝を天はあなた方に与えたもうた、

＊1　ここの詩句が繰り返される間に、モーツァルトは何箇所か“segno＝印”を、同じ意味であるが別語の“marche”に変えている。

e le grazie vi circondano
それでその恵みがあなた方をとり巻いている、
dalla testa fino ai piè.
頭の先から足の先まで。
Ma la fate a tanti a tanti,
だがあなた方は多くも多くの男にこうした仕打ちをなさる、
che credibile non è.
これは信じることができないほど。
Ma la fate a tanti a tanti,[*1]
だがあなた方は多くも多くの男にこうした仕打ちをなさる、
che se gridano gli amanti
そこで恋人諸氏がわめくなら
hanno certo un gran[*2] perché.
彼らに当然、立派なわけがある。
(Parte.)
（退場する。）

SCENA IX 第９景

Ferrando solo, poi Don Alfonso e Guglielmo che parlano in fondo ecc.
フェルランド一人、後からドン･アルフォンソとグリエルモ、二人は舞台後方等で話す

Recitativo レチタティーヴォ

FERRANDO
フェルランド

In qual fiero contrasto, in qual disordine
なんという凄(すさ)まじい鬩(せめ)ぎ合いのなかに、なんという混乱のなかに
di pensieri, e di affetti io mi ritrovo!
僕は思考も感情もあることか！
Tanto insolito e novo è il caso mio,
僕のこのありさまはこんなにも異例で、先例もなく
che non altri, non io
ほかの誰も、僕も
basto per consigliarmi... Alfonso, Alfonso,
どうすべきか決めかねるほどだ…アルフォンソ、アルフォンソ、

＊1 (DP 台)この行と次行、なし。
＊2 (DP 台)“un gran＝立派な”でなく、“il lor＝彼らの”。

quanto rider vorrai

あんたは[*1]どんなに笑いたがることだろう、

della mia stupidezza!

僕の馬鹿さ加減を！

Ma mi vendicherò. Saprò dal seno

だけど僕は復讐してやる。できるさ、この胸から

cancellar quell'iniqua... cancellarla?

あのひどい女を消し去ることは…彼女を消し去る？

Troppo, oh dio, questo cor per lei mi parla.

あまりに、ああ、もう、僕の心[*2]は僕に彼女のことを語りかけてくる。

N. 27 Cavatina　第27曲 カヴァティーナ

FERRANDO
フェルランド

Tradito, schernito

裏切られ、侮られながら、

dal perfido cor,

あの不実な心に、

(Qui capita Don Alfonso con Guglielmo e sta a sentire.)

（ここで[*3]ドン・アルフォンソがグリエルモと共に来合わせ、聞いている。）

io sento che ancora

僕は感じる、まだ

quest'alma l'adora,

この魂は彼女を熱愛していると、

io sento per essa

僕は聞いている、彼女への

le voci d'amor.

愛の声を。

＊1　ドン・アルフォンソに対して反感、不快、不満の情が湧き起こって、彼に親称の“tu(ここでは vorrai)”で言葉をぶつける。
＊2　原文の意は“この心”。
＊3　“ここで”とあるが、譜面上のここはカヴァティーナが最初に一度、通して歌われ、その後に繰り返しがあり、その繰り返しでの“ここ＝ dal perfido cor の後”を指示している。

Recitativo　レチタティーヴォ

DON ALFONSO ドン・アルフォンソ
Bravo: questa è costanza.
立派だ、それこそが貞節だ。

FERRANDO フェルランド
Andate, o barbaro,
立ち去ってください[*1]、ひどい人よ、
per voi misero sono.
あなたのせいで僕は惨(みじ)めになったんだ。

DON ALFONSO ドン・アルフォンソ
Via, se sarete buono
まあいい、聞きわけよくすれば
vi tornerò l'antica calma. Udite:
君にもとの平隠を取り戻してあげる。聞きたまえ、
Fiordiligi a Guglielmo
フィオルディリージはグリエルモに
si conserva fedel, e Dorabella
貞節を守り、で、ドラベッラは
infedel a voi fu.
君に不貞だった。

FERRANDO フェルランド
Per mia vergogna.
不名誉なことに。

GUGLIELMO グリエルモ
Caro amico, bisogna
親愛なる友よ、必要なことさ、
far delle differenze in ogni cosa.
何事であれ、違いを知るってことは。
Ti pare che una sposa
君には思えるかい、約束交わした女が
mancar possa a un Guglielmo? Un picciol calcolo...
グリエルモのような男を裏切れると？少しばかり比較を…
Non[*2] parlo per lodarmi,
自画自賛で言うわけではないが、
se facciamo tra noi... Tu vedi, amico,
我われについてしてみると…君も分かるね、友よ、

＊1　前の独白ではドン・アルフォンソに親称“tu”で激しい言葉を発したが、ここで彼に直接語るのに、節度を示してまた敬称“voi”に戻る。
＊2　前行の…の後、(Bä 版) ではここで文頭とし、大文字になっているが、non parlo per lodarmi として挿入句に考える方が自然であろう。

che un poco di più merto...*1
少しだけより多く僕は取柄(とりえ)があると…

DON ALFONSO
ドン・アルフォンソ
Eh anch'io lo dico!
それさ、わたしもそれを言うんだ！

GUGLIELMO
グリエルモ
Intanto mi darete
じゃ、僕にくださいますね、
cinquanta zecchinetti.
50ヴェッキーノほど。

DON ALFONSO
ドン・アルフォンソ
Volontieri.
喜んで。
Pria però di pagar vo' che facciamo
しかし支払うまえにやってみたいんだが、
qualche altra esperienza.
少し別の試みを。

GUGLIELMO
グリエルモ
Come!
なんだって！

DON ALFONSO
ドン・アルフォンソ
Abbiate pazienza: infin domani
我慢したまえ、明日までは
siete entrambi miei schiavi: a me voi deste
二人ともにわたしの奴隷、君たちはわたしに
parola da soldati
兵士として約束したのだ、
di far quel ch'io dirò. Venite; io spero
わたしが命ずることをすると。いいかね、わたしは願っている、
mostrarvi ben che folle è quel cervello
君たちによく見せてやろうと、そんな考えは馬鹿げていると、
che sulla frasca ancor vende l'uccello.
まだ枝上にいる鳥を売る*2 なんて考えは。

＊1　この詩句はオペラ初演時出版の(DP 台)中のものでなく、すでに註に一度ならず取り上げている再演時に検閲後出版された(DP 台)に見られる。最初の詩句は“che un poco più di merto…＝少しだけより多くの取り柄が…”とあり、語法からは più di merti と複数の方がより分かりやすいと思われるが、意味するところは“あれこれ、より多くの取り柄／価値／優位が…(自分にある)”であった。

＊2　日本でいう“獲らぬ狸の皮算用”に当たるか。イタリアの諺では、ここにある表現より“Meglio fringuello in mano che tordo in frasca.＝枝上のツグミより手中のホオジロ”と言われる。この行では脚韻やその他の理由(uccello には俗語としての意味があり、グリエルモの“自分の方が取柄がある”の取柄の意味するところとも相俟って、ドン・アルフォンソの語句は意味深長か…)で、これを使わなかったかと思われる。

(Partono.)
(全員、退場する。)

Camera con diverse porte, specchio e tavolini.
扉がいくつかあり、鏡、何台かの小テーブルがある部屋

SCENA X　第10景

[**Dorabella, Despina, e poi Fiordiligi.**
ドラベッラ、デスピーナ、その後フィオルディリージ]

Recitativo　レチタティーヴォ

DESPINA デスピーナ
Ora vedo che siete
これで分かるってものです、あなた様が
una donna di garbo.
嗜(たしな)みのよいご婦人だって。

DORABELLA ドラベッラ
Invan, Despina,
無駄だったの、デスピーナ、
di resister tentai: quel demonietto
頑張ろうとしたけれど、だってあの悪魔さんは
ha un artifizio, un'eloquenza, un tratto
お手並も、話しぶりも、物腰も
che ti fa cader giù se sei di sasso.
たとえ石で出来ていても陥落させるってほどなのよ。

DESPINA デスピーナ
Corpo di satanasso,
まさにお見事、*1
questo vuol dir saper! Tanto di raro
それが弁えるってことです！ほんとまれに
noi povere ragazze
あたしたち哀れな娘は
abbiamo un po' di bene,
少しばかりいいことがあるのですから、

＊1　原意は"魔王(サタン)の体"。怒り、驚きを表す感嘆詞として使われるが、ここでは反語的に訳した。

che bisogna pigliarlo allor ch'ei viene.
そんなことが巡ってきたら掴みとる必要がございます。

[(Entra Fiordiligi.)]
[(フィオルディリージ登場してくる。)]

Ma ecco, la sorella.
あらまっ、お姉様ですわ。

Che ceffo!
なんて不機嫌なお顔！

FIORDILIGI フィオルディリージ
Sciagurate!
手に負えない人たちね！

Ecco per colpa vostra
いいこと、あなたたちのせいで

in che stato mi trovo!
わたしがどんなことになっていて！

DESPINA デスピーナ
Cosa è nato,
何がございまして、

cara madamigella?
愛しいお嬢様？

DORABELLA ドラベッラ
Hai qualche mal, sorella?
何か悪いことがあって、お姉様？

FIORDILIGI フィオルディリージ
Ho il diavolo che porti
わたしのなかに悪魔がいてよ、これに攫(さら)ってほしいわ、

me, te, lei, Don Alfonso, i forastieri
わたし、あなた、彼女、ドン・アルフォンソ、あの異邦人たち、

e quanti pazzi ha il mondo!
それに世界中にいる頭のおかしな人たちみんなを！

DORABELLA ドラベッラ
Hai perduto il giudizio?
正気を失ったの？

FIORDILIGI フィオルディリージ
Peggio, peggio;
もっと、もっと悪いの、

Inorridisci: io amo! E l'amor mio
あなた、ぞっとするわよ、わたし愛しているの！で、わたしの愛は

non è sol per Guglielmo.
グリエルモにだけではないの。

DESPINA
デスピーナ

Meglio meglio!
いよいよよろしゅうございます！

DORABELLA
ドラベッラ

E che sì, che anche tu se' innamorata
やっぱりそうなのね、あなたも恋してしまったのね、
del galante biondino!
あの丁寧親切な金髪さんに！

FIORDILIGI
フィオルディリージ

(sospirando)
（溜め息しながら）
Ah purtroppo per noi.
ああ、わたしたちには困ったことに。

DESPINA
デスピーナ

Ma brava!
あら、ご立派！

DORABELLA
ドラベッラ

Tieni,
受けて、
settanta mille baci:
ありったけの*1キスを、
tu il biondino, io 'l brunetto,
あなたは金髪さん、わたしは黒髪さん、
eccoci entrambe spose!
これで二人とも花嫁だわね！

FIORDILIGI
フィオルディリージ

Cosa dici!
何を言うの！
Non pensi agli infelici
不幸な方たちのことを思わないの、
che stamane partir! Ai loro pianti,
今日*2、発たれたあの方たちのことを！あの方たちの涙に、
alla lor fedeltà tu più non pensi?
あの方たちの真心にもう思いが向かないの？
Così barbari sensi
そんなひどい気持ちを
dove dove apprendesti,
どこでどこで身につけたの、

＊1 “ありったけの”の原文の意は、“七万の”。
＊2 原文は“stamane”で、文字通りには“今朝（stamattina）”であるが、芝居中のドラマ展開を時間でたどるような場合、その日１日を指すことがあり、恋人たちが出帆したのは、筋の運びから朝ではないので、この訳とした。

sì diversa da te come ti festi?
もともとそうだったあなたとどうしてこうも違うの？

DORABELLA ドラベッラ
Odimi: sei tu certa
聞いて、あなた、確かかしら、
che non muoiano in guerra
戦いで死なないって、
i nostri vecchi amanti, e allora? Entrambe
わたしたちの前の恋人が、で、そうなれば？二人とも
resterem colle man piene di mosche:
当てが外れてしまう[*1]ことよ、
fra un ben certo, e un incerto
確かな幸せと不確かなのとのあいだには
c'è sempre un gran divario!
いつだって大きな違いがあるものよ！

FIORDILIGI フィオルディリージ
E se poi torneranno?
でもそれで戻っていらしたら？

DORABELLA ドラベッラ
Se torneran, lor danno!
戻っていらしたら、彼らにはお気の毒様！
Noi saremo allor mogli, noi saremo
わたしたち、そのころは人妻で、わたしたちいるわ、
lontane mille miglia.
千マイルも遠くに。

FIORDILIGI フィオルディリージ
Ma non so come mai
でもわたしは分からなくてよ、一体どうして
si può cangiar in un sol giorno un core?
たった一日で変われるのかしら、心は？

DORABELLA ドラベッラ
Che domanda ridicola! Siam donne!
なんてお馬鹿な質問！わたしたちは女なのよ！
E poi tu com'hai fatto?
それで、あなた自身どうだったかしら？

FIORDILIGI フィオルディリージ
Io saprò vincermi.
わたしは自分を抑えてみせてよ。

DESPINA デスピーナ
Voi non saprete nulla!
あなた様にはまったくご無理ですわ！

＊1　原文の意は“蠅で一杯の手でいる”。

FIORDILIGI
フィオルディリージ

Farò che tu lo veda.
そうなるっておまえに見せてあげる。

DORABELLA
ドラベッラ

Credi, sorella, è meglio che tu ceda.
信じて、お姉様、降参するほうがよくてよ。

N. 28 Aria　第28曲 アリア

DORABELLA
ドラベッラ

È amore un ladroncello,
恋はちいちゃな悪戯っ子[*1]、
un serpentello è amor.
恋はちいちゃな狡い蛇[*2]。
Ei[*3] toglie e dà la pace,
彼は安らぎを奪ったり与えたり
come gli piace ai cor.
好みのままよ、人の心に。
Per gli occhi al seno appena
瞳から胸のうちへと
un varco aprir si fa,
通り道を開いていくと
che l'anima incatena
すぐさま心を鎖でつなぎ
e toglie libertà.
そして自由を奪ってしまうの。
Porta dolcezza e gusto
甘さと美味しさをもたらすわ、
se tu lo lasci far,
あなたが彼のなすままに任せれば、
ma t'empie di disgusto
でも苦味でいっぱいにしてよ、

＊1　"悪戯っ子"と訳した原単語の"ladroncello"は"ladro＝泥棒"の語尾に拡大接尾辞 –one がつき、さらにそれに縮小接尾辞の –ello がついたもので、もともとの"泥棒"の意が生きていて"手癖の悪い／泥棒癖の子供"といった意味。

＊2　蛇は陰険な腹黒い者、すばしこく狡い者を意味するが、また魅惑的な誘惑者も意味する。

＊3　モーツァルトは繰り返しで２箇所、意味に変わりはないが、"Ei＝彼"だけでなく、関係代名詞の"Che(彼を指す)"にしている。(Bä 版)では Ei で統一。

se tenti di pugnar.
　もし刃向かおうとすれば。
Se nel tuo petto ei siede,
　もし彼があなたの胸にいて
s'egli ti becca qui,
　もしあなたのここを突(つつ)いたら
fa' tutto quel ch'ei chiede,
　すべて彼の命じる通りになさい、
che anch'io farò così.
　わたしもそうすることにしていてよ。
(Parte [con Despina].)
（[デスピーナと] 退場する。）

SCENA XI　第11景

Fiordiligi sola; poi Guglielmo,[*1] Ferrando e Don Alfonso,
che passano senza esser veduti; indi Despina.
フィオルディリージ一人、しばらくして彼女に見られずに通り過ぎるグリエルモ、
フェルランド、そしてドン・アルフォンソ、その後デスピーナ

Recitativo　レチタティーヴォ

FIORDILIGI
フィオルディリージ
Come tutto congiura
　なんて、みんなして企(たくら)むのかしら、
a sedurre il mio cor! Ma no... si mora,
　わたしの心を誘惑しようと！でもそうはならないわ…死んでも
e non si ceda... errai quando alla suora
　なびかないようにしなければ…間違いだったわ、妹に
io mi scopersi, ed alla serva mia.
　本心を明かしたのは、それにわたしの小間使いにも。
Esse a lui diran tutto, ed ei più audace
　二人はあのお人にみんな話し、そしたら彼はいっそう大胆に

＊１　(DP 台)カンマでなく、接続詞の e としている。ほとんど違いはないが、３人を１人ずつ確認して名を挙げるといった意識がより強いだろうか。

fia di tutto capace... agli occhi miei
何でもできるようになって…わたしの目の前に
mai più non comparisca... A tutti i servi
あの人がもう現れないようにしなければ…召使い全員に
minaccierò il congedo
暇を出すと脅しておきましょう、
(Guglielmo sulla porta)
（ドアのところにグリエルモ）
se lo lascian passar... veder nol voglio,
もしあの人を通したら…わたしは会ったりしないわ、
quel seduttor!
あの誘惑者に！

GUGLIELMO グリエルモ
(Bravissima!
（じつに素晴らしい！
La mia casta Artemisia! La sentite?)
僕の清純なアルテミジア*1は！彼女の言うことを聞いたね？）

FIORDILIGI フィオルディリージ
Ma potria Dorabella
でももしやしてドラベッラが
senza saputa mia... piano... un pensiero
わたしの知らないうちに…待って…考えが一つ
per la mente mi passa... in casa mia
頭に浮かんだわ…この家には
restar molte uniformi
制服がたくさん残っていたわね、
di Guglielmo, e Ferrando... ardir... Despina,
グリエルモとフェルランドのが…やってみることに…デスピーナ、
Despina...
デスピーナ…

＊1　紀元前4世紀、古代ペルシアの属領藩から独立してカリア国(現トルコ西部)を樹立したマウソルスの姉妹であり妻となった女性。夫の没後(前353)王座を継いで女王となり、首都ハリカルナッススに古代世界の七不思議の一つに数えられる壮麗な廟墓を完成させた(後代、廟がヨーロッパの諸言語でマルソレウムなどと呼ばれるのはこれに由る)。夫の没後2年で悲しみのために世を去った。アルテミジアは夫への愛情が深く、夫の遺骸を焼いた灰を飲み物に溶かして飲んだという逸話が残っている。夫を失う妻の癒されることのない悲しみの象徴として、古代ローマ時代から文芸作品の、16世紀ころからは絵画、彫刻の、またカヴァッリ、ロッシ、チマローザらのオペラ作品の題材としてしばしば取り上げられている。

DESPINA
デスピーナ

[(entrando)]
［(登場しながら)］

Cosa c'è?
なんでしょうか？

FIORDILIGI
フィオルディリージ

Tieni un po' questa chiave, e senza replica,
ちょっとこの鍵を持って、それで口答えしないで、
senza replica alcuna
なんの口答えもしないで
prendi nel guardaroba, e qui mi porta
衣裳部屋で出して、ここへ持ってきてちょうだい、
due spade, due cappelli, e due vestiti
剣二振り、帽子二つ、それと服２着、
de' nostri sposi.
わたしたちの許婚のものを。

DESPINA
デスピーナ

E che volete fare?
でも何をなさるおつもりです？

FIORDILIGI
フィオルディリージ

Vanne; non replicare.
お行き、口答えはしないの。

DESPINA
デスピーナ

(Comanda in abrégé[*1], Donna Arroganza.)
(つっけんどんに命令なさること、威張りやさん。)

(Parte.)
(退場する。)

FIORDILIGI
フィオルディリージ

Non c'è altro; ho speranza
ほかにはないわ、[*2]わたしが願うのは
che Dorabella stessa
ドラベッラのほうも
seguirà il bell'esempio; al campo, al campo!
このよいお手本に従ってくれることだけど、さあ、戦場へ行くのよ！
Altra strada non resta
ほかの道は残っていないわ、
per serbarci innocenti.
わたしたちが汚れないままでいるためには。

DON ALFONSO
ドン・アルフォンソ

(dalla porta a Despina)
(ドアのところでデスピーナに)

＊1　(DP 台)in abregé としている。フランス語の正字では en abrégé。
＊2　自分のやることはこれ、他にはない、ということ。

(Ho capito abbastanza:
（大体、分かったぞ、
vanne pur, non temer.)
さあ、お行き、心配はいらない。）

DESPINA デスピーナ
[(che ritorna)]
［(戻ってきて)］
Eccomi.
お持ちしました。

FIORDILIGI フィオルディリージ
Vanne.
お行き。
Sei cavalli di posta
駅馬車用の馬*1を６頭
voli un servo a ordinar; di' a Dorabella
雇うために召使を走らせなさい、ドラベッラには伝えて、
che parlar le vorrei.
わたしが話したいからと。

DESPINA デスピーナ
Sarà servita.
かしこまりました。
(Questa donna mi par di senno uscita.)
（このお嬢さん、正気がどっかへ行ったみたい。）
(Parte.)
（退場する。）

SCENA XII　第12景

［**Fiordiligi, poi Ferrando; indi Guglielmo e Don Alfonso dalla camera ecc.**
フィオルディリージ、その後フェルランド、さらに別室等からグリエルモとドン・アルフォンソ］

FIORDILIGI フィオルディリージ
L'abito di Ferrando
フェルランドの服は
sarà buono per me; può Dorabella
わたしに合いそうだわ、ドラベッラは

＊1　当時の交通システムとして、長旅に馬車を使う場合、同じ馬で旅をすると馬が疲れるので、宿場のようなところに馬が準備されていてそれを乗り継いでいった。

prender quel di Guglielmo; in questi arnesi
　グリエルモのが着られるわね、この身仕度で
raggiungerem gli sposi nostri, al loro
　わたしたちの許婚に追いつきましょう、そうすれば二人の
fianco pugnar potremo,
　そばで戦えるでしょうし
e morir se fa d'uopo.
　死ねるでしょう、必要となれば。
(Si cava quello che tiene in testa.)
（髪につけているものをかなぐり捨てる。）
Ite in malora,
　地獄へ行っておしまい、
ornamenti fatali! Io vi detesto.
　忌わしい髪飾りなんか！わたしはお前たちを憎むわ。

GUGLIELMO グリエルモ
(Si può dar un amor simile a questo?)
　（あり得ようか、これほどの愛が？）

FIORDILIGI フィオルディリージ
Di tornar non sperate alla mia fronte
　わたしの頭に戻ろうなんて思わないで、
pria ch'io qui torni col mio ben; in vostro
　わたしが恋人とここへ戻るまでは、おまえたちの
loco porrò questo cappello... oh come
　代わりにこの帽子をかぶることにするの…まあ、なんて
ei mi trasforma le sembianze e il viso!
　これがわたしの姿も顔も変えるのかしら！
Come appena io medesma or mi ravviso!
　もう自分でもわたしと分からないくらいだわ！

N. 29 Duetto　第29曲 二重唱

FIORDILIGI フィオルディリージ
Fra[*1] gli amplessi in pochi istanti
　もう少しで真(まこと)ある許婚の[*2]
giungerò del fido sposo;
　抱擁のなかへ行きつくのだわ、

＊１　(DP 台)意味上は同じであるが、Tra。
＊２　“真ある許婚”の原文は次行、次行の“抱擁のなかへ”はこの行。

sconosciuta a lui davanti
でもわたしと見分けられずにあの方のまえへ
in quest'abito verrò.
この服装で出るのよ。
Oh che gioia il suo bel core
ああ、どんなにか喜びをあの方の美しい心は
proverà nel ravvisarmi!
わたしと分かったら味わうことでしょう！

FERRANDO
フェルランド
[(entrando)]
[(登場しながら)]
Ed intanto di dolore
その一方で悲しみのため
meschinello io mi morrò!
哀れにも僕は死ぬでしょう！

FIORDILIGI
フィオルディリージ
Cosa veggio! Son tradita*1!
なんてこと！見られてしまったわ！
Deh partite...
どうか、出ていらして…*2

FERRANDO
フェルランド
Ah no, mia vita!
ああ、いやだ、僕の命よ！
*(Prende la spada dal*3 tavolino, la sfodera ecc.)*
(小テーブルの上から剣を取り、鞘を抜く等する。)
Con quel ferro di tua mano
君が手にするその剣で
questo cor tu ferirai,
君はこの心臓を刺すのだ、
e se forza, oh dio, non hai,
もしその力が、ああ、君にないなら

＊1 “見つけられてしまった”と訳した文中の“tradita”は多様な意義がある。最も普通の意味では、“わたしは裏切られた”であろう。ここでは、“裏切られた”と解釈することもできるが、フィオルディリージとフェルランドのこれ以前のやりとりから、この場でフィオルディリージが“裏切られた”という言葉を発すると考えるのはどうだろうか。フィオルディリージとしては、真心を全うするために許婚のもとへ行こうと決心して用意をしたのにフェルランドが現れてそれが見つかってしまった、自分の気持ちも計画も分かってしまったと、驚き、当惑すると解釈するのが順当であろう。

＊2 “出ていらして(partite)”によって、それまでに“あなた”に親称の“tu”を使うところまで相手に打ち解けていたのが、ここではまた敬称の“voi”を使う態度に変ったのが分かる。

＊3 (DP 台)la spada del tavolino。(Bä 版)はここのテキストのように dal。del は前置詞 di の意味から解釈がしにくく、誤植では…。(Bä 版)はテーブルから取る、として訂正したと思われる。

io la man ti reggerò.
僕が君の手を支えよう。

FIORDILIGI フィオルディリージ
Taci... ahimè! Son abbastanza
おっしゃらないで*1… ああそんな！ わたしはもう十分に
tormentata, ed infelice!
苦しめられ、不幸です！

FIORDILIGI e FERRANDO フィオルディリージとフェルランド
Ah che omai la mia*2 costanza
ああ、今もうこの身の操は
a quei sguardi, a quel che dice
あの眼差しに、語ることに
incomincia a vacillar.
揺らぎ始めている。

FIORDILIGI フィオルディリージ
Sorgi sorgi...
立って、お立ちになって…

FERRANDO フェルランド
Invan lo credi.
そう思ってもそうはならない。

FIORDILIGI フィオルディリージ
Per pietà, da me che chiedi?
後生です、わたしに何をお求めに？

FERRANDO フェルランド
Il tuo cor, o la mia morte.
あなたの心を、でなければ僕の死を。

FIORDILIGI フィオルディリージ
Ah non son, non son più forte!
ああ、わたしはもう、もう強くいられないわ！

FERRANDO フェルランド
(Le prende la mano e gliela bacia.)
（彼女の手を取り、接吻する。）
Cedi, cara...
降参を、愛しい君…

FIORDILIGI フィオルディリージ
Dei consiglio!
神々様、ご賢慮を！

＊1　ここでフィオルディリージはまた相手に対して親称の“tu”に戻る。
＊2　このテキストはフィオルディリージ、フェルランド共に la mia (costanza)＝わたしの(操)──対訳では“この身の”としたが──だが、(DP 台)のフェルランドは la sua (costanza)＝彼女の(操)。モーツァルトが台本の“彼女の(操)”から“僕の(操)”へと変えている。この差異には単に“彼女の”が“僕の”に変わったというだけではない大きな意義があるだろう。“僕の操”であれば、フェルランドは演じてフィオルディリージに言い寄るのでなく、本気で許婚でない方の彼女に気持ちが傾き始めていることをうかがわせる言葉になる。どちらであるかはフェルランドの人物像の解釈に大きくかかわってくるだろう。

FERRANDO
フェルランド

(tenerissimamente)
（優しくも優しく）

Volgi a me pietoso il ciglio!
僕に向けてほしい、憐れみ深い眼差しを！
In me sol trovar tu puoi
君は僕にだけ見つけられる、
sposo, amante, e più se vuoi.
夫を、恋人を、そして望めばそれ以上も。
Idol mio, più non tardar.
僕の愛してやまぬ君、もうためらわないで。

FIORDILIGI
フィオルディリージ

(tremando)
（震えながら）

Giusto ciel!... Crudel... hai vinto...
まさかそんな*1！…酷いお方…あなたはお勝ちに…
Fa' di me quel che ti par.
わたしをよいようにしてください。

(Don Alfonso trattiene Guglielmo che vorrebbe uscire.)
（ドン・アルフォンソ、出ていきたがるグリエルモを抑える。）

FIORDILIGI e FERRANDO
フェルランドとフィオルディリージ

Abbracciamci, o caro bene,
抱き合おう、愛しい恋人よ、
e un conforto a tante pene
そして多くの苦しみへの慰めと
sia languir di dolce affetto,
なってくれるよう、甘い思いに悶えることが、
di diletto sospirar.
喜びに溜め息することが。

(Partono.)
（2人、退場する。）

＊1　原意は“正義の天よ”。

SCENA XIII　第13景

［ **Guglielmo, Don Alfonso, poi Ferrando; indi Despina**[*1]**.**
グリエルモ、ドン・アルフォンソ、後からフェルランド、その後デスピーナ ］

Recitativo　レチタティーヴォ

GUGLIELMO グリエルモ
Ah poveretto me! Cosa ho veduto!
ああ、哀れな俺よ！何を見てしまった！
Cosa ho sentito mai.
一体、何を聞いてしまった。

DON ALFONSO ドン・アルフォンソ
Per carità silenzio!
たのむから、静かに！

GUGLIELMO グリエルモ
Mi pelerei la barba!
こうなったらいっそ髭(ひげ)を引き抜こう！
Mi graffierei la pelle!
いっそ皮膚をひんむこう！
E darei colle corna entro le stelle!
いっそ角[*2]で星に突き当たってやろう！
Fu quella Fiordiligi! La Penelope,
あれがフィオルディリージだった！ペネロペイアだった、
l'Artemisia del secolo! Briccona!
当世のアルテミジアだった！ペテン師！
Assassina... furfante... ladra... cagna...
人殺し…悪女…泥棒…雌犬[*3]…

DON ALFONSO ドン・アルフォンソ
Lasciamolo sfogar...[*4]
彼に言うだけ言わせてやろう…

＊１　(Bä 版)では第13景の人物に、この、(DP 台)にはないデスピーナを記している。(M手)にそれがあるため従ったのだが、この景にデスピーナの歌唱はなく、また次景の第14景で前景の人物たち(つまり13景の人物)とデスピーナと、その名が挙げられている。
＊２　"角で"の角とはコキュの角を意味する。妻を寝取られた男、コキュには角が生えるという言い伝えがある。
＊３　原単語の cagna は雌犬であるが、自堕落な女、売春婦、売女等にも使われ、女に対するひどい罵り。
＊４　(DP 台)(lieto＝嬉しそうに)とト書。

FERRANDO フェルランド
*[(entrando, lieto)]**1
[(登場しながら、嬉しげに)]
Ebben!
さてと！

GUGLIELMO グリエルモ
Dov'è?
どこにいる？

FERRANDO フェルランド
Chi? La tua Fiordiligi?
誰が？君のフィオルディリージかい？

GUGLIELMO グリエルモ
La mia Fior... fior di diavolo, che strozzi
僕のフィオル… 悪魔の花（フィオル）*2め、絞め殺せるものなら、
lei prima, e dopo me.
まず彼女を、それから自分を。

FERRANDO フェルランド
Tu vedi bene,
君もよくお分かりだ、
v'han delle differenze in ogni cosa...
何事であれ、何がしか違いがあって…
(ironicamente)
（皮肉に）
un poco di più merto! *3
少しだけより多く僕は取柄がある！

GUGLIELMO グリエルモ
Ah cessa, amico, *4
ああ、やめろ、友よ、
cessa di tormentarmi;
やめてくれ、僕を苦しめるのは、
ed una via piuttosto
それよりむしろ方法を
studiam di castigarle
考えるんだ、彼女たちを罰するやつを

＊1 (Bä 版)の補筆でここに(entrando, lieto＝登場してきて、嬉しそうに)とト書。(DP 台)はこれの前の註のようにドン・アルフォンソに(lieto)とト書、(Bä 版)はそれがなく、ここでフェルランドに(lieto)ということになる。
＊2 フィオルディリージは固有名詞であるが、この名の綴りを分解してみるとフィオル fior とディ di とリージ ligi になり、するとフィオルは"花"、ディは"〜の"、リージは"百合"を意味し、既出の註で記したようにフィオルディリージとは"百合の花"ということになる。彼女の裏切りを知ったグリエルモは、"百合"の部分を"悪魔 diavolo"に置き換え、"フィオル-ディ-ディアーヴォロ＝悪魔の花"と呼んだ。
＊3 第9景で、グリエルモがフェルランドに対して発した言葉をそのまま返している。
＊4 amico は音楽付けされず。

sonoramente.
高らかに。

DON ALFONSO ドン・アルフォンソ
Io so qual è: sposarle.
わたしにはそれが何か分かってる､彼女たちと結婚することさ。

GUGLIELMO グリエルモ
Vorrei sposar piuttosto
むしろ結婚したいくらいだ、
la barca di Caronte.
カロンテ[*1]の小舟と。

FERRANDO フェルランド
La grotta di Vulcano.
ヴルカーヌス[*2]の洞窟と。

GUGLIELMO グリエルモ
La porta dell'inferno.
地獄の門と。

DON ALFONSO ドン・アルフォンソ
Dunque restate celibi in eterno.
だったら永遠に独り者でいるさ。

FERRANDO フェルランド
Mancheran forse donne
もしや、女がいないとでも、
ad uomin come noi?
僕たちみたいな男に？

DON ALFONSO ドン・アルフォンソ
Non c'è abbondanza d'altro.
いくらもいるだろうさ。[*3]
Ma l'altre che faran, se ciò fer queste?
だが他の女たちとて何をするかな､彼女たちがこうしたのだったら？
In fondo voi le amate
結局のところ、君らは彼女たちを愛しているんだ、
queste vostre cornacchie spennacchiate.
君たちのこの羽根をむしられた迷惑鳥(カラス)を。

GUGLIELMO グリエルモ
Ah purtroppo!
ああ、残念ながら！

FERRANDO フェルランド
Purtroppo!
残念ながら！

＊１　ギリシア神話の冥土の川の渡し守。
＊２　ローマ神話の火の神。前行のカロンテの小舟、ヴルカーヌスの洞窟、次行の地獄の門はどれも忌わしいものの代表といえるもの。小舟、洞窟、門はいずれも女性名詞であるので、それで女性とみなされる。
＊３　原意は“他はたくさんない”､が､(反語的に)“それだけはたくさんある”。

DON ALFONSO
ドン・アルフォンソ

Ebben pigliatele
だったら彼女たちを受け入るのだな、
com'elle son. Natura non potea
彼女たちのあるがままに。自然はなせなかったわけだ、
fare l'eccezione, il privilegio
別の練り粉で二人の女を創るって*[1]
di creare due donne d'altra pasta
例外や特例を
per i vostri bei musi; in ogni cosa
君たちのその立派なご面相のために、何事にも
ci vuol filosofia; venite meco;
哲学がいる、わたしと一緒においで、
di combinar le cose
事をうまくおさめる
studierem la maniera.
方策を考えるとしよう。
Vo' che ancor questa sera
わたしの望むのは今晩のうちにも
doppie nozze si facciano; frattanto
二組の婚礼がなされることだ、だが、今はともかく
un'ottava ascoltate:
一つの8行詩(オッターヴァ)を聞きたまえ、
felicissimi voi, se la imparate!
君たちはしごく幸せさ、これを学びとれば！

N. 30　第30曲

DON ALFONSO
ドン・アルフォンソ

Tutti accusan le donne, ed io le scuso
男はみな女を責める、だがわたしは許す、
se mille volte al dì cangiano amore;
たとえ彼女らが日に千回、恋心を変えようと、
altri un vizio lo chiama, ed altri un uso,
ある者はそれを悪癖と、ある者は習性と呼ぶ、

＊1　この行と次行は原文と日本語訳の順序が入れ替わっている。

ed a me par necessità del core.
　で、わたしには、それが心に欠かせぬものに思われる。
L'amante che si trova alfin deluso
　恋する者は、しまいに欺かれたとなったなら
non condanni l'altrui, ma il proprio errore:
　相手でなく、自らの誤りを責めるがよい、
già che giovani, vecchie, e belle, e brutte,
　なぜといって、若くても老いても、美しかろうと醜くかろうと、
ripetete con me: Co-sì-fan-tut-te.
　君たちわたしに唱和したまえ、女はみんなこうするもの。

FERRANDO, GUGLIELMO e DON ALFONSO＊1 フェルランド、グリエルモ、そしてドン・アルフォンソ
Co-sì-fan-tut-te.
　女はみんなこうするもの。

SCENA XIV　第14景

［ **I suddetti e Despina.**
前景の人物たち、そしてデスピーナ ］

Recitativo　レチタティーヴォ

DESPINA デスピーナ
[(entrando)]
　[(登場しながら)]
Vittoria, padroncini!
　勝利です、旦那様方！
A sposarvi disposte
　あなた様方と結婚されるつもりですよ、
son le care madame; a nome vostro
　親愛なるお嬢様方は、あなた様方に代わり
loro io promisi che in tre giorni circa
　あたしがあの方たちに約束をとりつけました、三日ほどのうちに
partiranno con voi: l'ordin mi diero
　あなた様方と出発されると、それであたしに命じられました、
di trovar un notaio
　公証人を見つけてと、

＊1　(DP 台) 3 人でのこの詩句の繰り返しはない。

che stipuli il contratto; alla lor camera
手続きするために、お二人はご自分たちの部屋で
attendendo vi stanno.
あなた様方を待っておいでですよ。
Siete così contenti?
これでご満足ですか？

FERRANDO, GUGLIELMO e DON ALFONSO
フェルランド、グリエルモ、そしてドン・アルフォンソ

Contentissimi.
きわめて満足。

DESPINA
デスピーナ

Non è mai senza effetto
決して成果のないことはありません、
quand'entra la Despina in un progetto.
デスピーナが事に加われば。
(Partono.)[*1]
（全員、退場する。）

Sala ricchissima illuminata. Orchestra in fondo.
Tavola per quattro persone con doppieri d'argento ecc. Quattro servi riccamente vestiti.
照明のともった非常に豪華な広間。舞台奥に楽団。
何台かの銀製の枝付燭台等が乗った４人の席があるテーブル。盛装した4人の召使。

SCENA XV　第15景

[**Despina, poi Don Alfonso. Coro di servi e di suonatori.**[*2]
デスピーナ、その後ドン・アルフォンソ。召使たちと楽士たちの一団]

N. 31 Finale　第31曲 終曲

DESPINA
デスピーナ

Fate presto, o cari amici,
早くしてくださいね、さあ、みなさん、
alle faci il foco date
松明に火をともして
e la mensa preparate
食卓をととのえてください、

＊1　(M手)からのト書。
＊2　(M手)Despina, servitori(＝servi) e suonatori poi Don Alfondo。

con ricchezza e nobiltà!
豪華にそして品よくね！
Delle nostre padroncine
あたしたちのご主人様方の
gl'imenei son già disposti
ご結婚はもう準備できてますよ、
(ai[*1] *suonatori)*
（楽士たちに）
e voi gite ai vostri posti
それからあなた方は持ち場にいらしてください、
finché i sposi vengon qua.
新郎新婦がここへお出ましになられるまでに。

CORO DI SERVI E SUONATORI
召使と楽士たちの合唱

Facciam presto, o cari amici,
早くしよう、さあ、みんな、
alle faci il foco diamo
松明に火をともそう、
e la mensa prepariamo
そして食卓をととのえよう、
con ricchezza e nobiltà.
豪華にそして品もよく。
Delle belle padroncine[*2]
美しいご主人様方の
gli imenei son già disposti:
ご結婚はもう準備できている、
andiam tutti ai nostri posti
我われみんな、持ち場へ行こう、
finché i sposi vengon qua.
新郎新婦がここへおいでになられるまでに。

DON ALFONSO
ドン・アルフォンソ

[(entrando)]
［（登場しながら）］
Bravi bravi! Ottimamente:
お見事、お見事！きわめて上出来、
che abbondanza! Che eleganza!
なんたる豪勢！なんたる優雅さ！

＊１　(DP 台)“a'”と表記。
＊２　ここからの４行は音楽付けされず。

(Mentre Don Alfonso canta, i suonatori accordano.)
（ドン・アルフォンソが歌う間、楽士たちが伴奏する。）

Una mancia conveniente
たっぷりのご祝儀を
l'un e l'altro a voi darà.
あちらもこちらもあんた方にくださろう。
Le due coppie omai si avanzano
いよいよ二組の花嫁花婿がおいでになる、
fate plauso al loro arrivo.
お出ましに拍手をたのみますよ。
Lieto canto e suon giulivo
喜ばしい歌と明るい楽の音が
empia il ciel d'ilarità.
陽気に空までも満たしてくれるよう。

DESPINA e DON ALFONSO
デスピーナとドン・アルフォンソ

(piano, partendo per diverse porte)
（小声で、それぞれ別の扉から退場しながら）

La più bella commediola*1
こんな最高の茶番劇は
non s'è vista, o si vedrà.
これまで見られなかったし、これからも見られなかろう。

SCENA XVI　第16景

[I suddetti.] Dorabella, Guglielmo, Fiordiligi, e Ferrando.
[前景の人物たち。]ドラベッラ、グリエルモ、フィオルディリージ、そしてフェルランド

Mentre s'avanzano il coro canta, e incomincia l'orchestra una marcia ecc.
新郎新婦が進み出てくる間、合唱が歌い、そして楽団が行進曲等を始める

CORO
合唱

Benedetti i doppi coniugi
幸いあれ、二組の新郎に、
e le amabili sposine!
そして愛らしき花嫁に！
Splenda lor il ciel benefico,
彼らに恵みの天が輝かんことを、

＊1　(DP 台)はこの行"Una scena più piacevole＝これより愉快な光景は"。

ed a guisa di galline
そして雌鶏(めんどり)のように
sien di figli ognor prolifiche,
常に子宝に恵まれんことを、
che le agguaglino in beltà.
美しさで花嫁に似た子宝に。

FIORDILIGI, DORABELLA, FERRANDO e GUGLIELMO
フィオルディリージ、ドラベッラ、フェルランド、そしてグリエルモ

Come par che qui prometta
まるでここには約束されているかのよう、
tutto gioia, e tutto amore!
すべての喜び、そしてすべての愛が！
Della cara Despinetta
親愛なるデスピネッタの
certo il merito sarà.
お陰もきっとあるのでしょう。
Raddoppiate il lieto suono,
皆さんに喜ばしい楽の音をいっそう響かせ
replicate il dolce canto,
甘い歌をつづけてもらいましょう、
e noi qui seggiamo intanto
そしてその間にわたしたちはここの席につくことにします、
in maggior giovialità.
ますます大きな快さにつつまれて。

(Gli sposi mangiano.)
（新郎と花嫁、料理に手をつける。）

CORO
合唱

Benedetti i doppi coniugi
幸いあれ、二組の新郎に、
e le amabili sposine!
そして愛らしき花嫁に！
Splenda lor il ciel benefico,
彼らに恵みの天が輝かんことを、
ed a guisa di galline
そして雌鶏のように
sien di figli ognor prolifiche,
常に子宝に恵まれんことを、
che le agguaglino in beltà.
美しさで花嫁に似た子宝に。

FERRANDO e GUGLIELMO
フェルランドとグリエルモ

Tutto tutto, o vita mia,
すべてが、すべてが、我が命の人よ、
al mio foco or ben risponde.
今、わたしの熱情にしっかり応えてくれる。

FIORDILIGI e DORABELLA
フィオルディリージとドラベッラ

Pel mio sangue l'allegria
わたしの血のなかを回(めぐ)り喜びが
cresce cresce, e si diffonde.
大きく、大きくふくらみ、そして広がります。

FERRANDO e GUGLIELMO
フェルランドとグリエルモ

Sei pur bella!
まさにあなたは美しい！

FIORDILIGI e DORABELLA
フィオルディリージとドラベッラ

Sei pur vago!
やはりあなたは麗しいわ！

FERRANDO e GUGLIELMO
フェルランドとグリエルモ

Che bei rai!
なんと美しい瞳！

FIORDILIGI e DORABELLA
フィオルディリージとドラベッラ

Che bella bocca!
なんて美しいお口！

FIORDILIGI, DORABELLA, FERRANDO e GUGLIELMO
フィオルディリージ、ドラベッラ、フェルランド、そしてグリエルモ

(toccando i bicchieri)
（杯を合わせながら）
Tocca e bevi! Bevi e tocca!*1
杯を合わせ、干してください！干して、杯を合わせてください！

FIORDILIGI, DORABELLA e FERRANDO
フィオルディリージ、ドラベッラ、そしてフェルランド

E nel tuo, nel mio bicchiero
これであなたのとわたしの杯に
si sommerga ogni pensiero
あらゆる思いが沈むよう、
e non resti più memoria
そしてもう残らぬよう、
del passato ai nostri cor.
以前の記憶がわたしたちの心に。

＊1 (DP 台)台詞を男女で分け、次のようである。**Ferrando e Guglielmo:** (*toccando i bicchieri* ＝杯を合せながら) Tocca e bevi. **Fiordiligi e Dorabella:** Bevi e tocca.。譜面では(DP 台)と同じ詩句の後、男声組は Tocca! Bevi! の繰返し、女声組は Bevi! Tocca! の繰返しとなる。ここで少し注意を惹くのは、tocca、bevi の順序で、乾杯は toccare(＝杯を合わせる)して bere(＝飲む)、つまり Tocca e bevi. となるのが普通であるが、女性たちは bevi が先で、それから tocca になる。toccare はもともと“触れる”の意で、杯に触れれば乾杯だが、触れるには“手をつける、手を出す、肌を合わす”等にもなる。toccare して bere は乾杯、が、bere が先でその後に toccare となると、どうであろうか。

(Le donne bevono.)

（女二人、杯を干す。）

GUGLIELMO
グリエルモ

(da sé)[*1]

（独白）

(Ah bevessero del tossico!

（ああ、毒を飲みゃいい！

Queste volpi senza onor.)

この恥知らずの女狐ども。）

SCENA XVII 第17景

I suddetti, Don Alfonso; poi Despina da notaio.
前景の人物たち、ドン・アルフォンソ、後から公証人に変装したデスピーナ

DON ALFONSO
ドン・アルフォンソ

[(entrando)]

［（登場しながら）］

Miei signori, tutto è fatto;

我が新郎新婦方、すべて整いましたぞ、

col contratto nuziale

結婚証書を携えて

il notaio è sulle scale

公証人が階段まで来ており

e ipso fatto[*2] qui verrà.

即刻、ここへ参られます。

FIORDILIGI, DORABELLA, FERRANDO e GUGLIELMO
フィオルディリージ、ドラベッラ、フェルランド、そしてグリエルモ

Bravo bravo! Passi subito.

結構、結構！すぐにお通りを。

DON ALFONSO
ドン・アルフォンソ

Vo a chiamarlo: eccolo qua.

呼びにまいります、おや、もうここへ。

DESPINA
デスピーナ

[(entrando)]

［（登場してきて）］

Augurandovi ogni bene

皆様にあらゆるご多幸を祈りつつ

＊１　(M手)からのト書。
＊２　(DP 台)“isso fatto＝即刻”とラテン語の“ipso facto”からイタリア語化された綴りで記されている。このテキストはラテン語の“ipso”とイタリア語の“fatto”が混ざっている。

il notaio Beccavivi*1
公証人ベッカヴィーヴィ、
coll'usata a voi sen viene
皆様の前へと参上しました、通例の
notariale*2 dignità.
公証人たる権威を持ちまして。
E il contratto stipulato
で、作成されたるこの契約、
colle regole ordinarie
常なる規則にのっとって
nelle forme giudiziarie,
法令様式に従いおりまして、
pria tossendo, poi sedendo,
先ずは咳ばらいし、ついで坐り、
(pel naso)
（鼻声で）*3
clara voce leggerà.
声高らかに読み上げるといたします。

FIORDILIGI, DORABELLA, FERRANDO, GUGLIELMO e DON ALFONSO
フィオルディリージ、ドラベッラ、フェルランド、グリエルモ、そしてドン・アルフォンソ

Bravo bravo in verità!
結構、結構、まったくもって！

DESPINA
デスピーナ

*(pel naso)**4
（鼻声で）
Per contratto da me fatto
私により作られましたる契約により
si congiunge in matrimonio
結婚の絆に結ばれます、

＊1　固有名詞として使われているが、これは beccamorti ── 単数形は beccamorto ── を捩(もじ)って作られた名であろう。"beccamorti"は becca(＝つつく)＋ morti(＝死者)で"墓掘り人"。この morti の部分を vivi(＝生者)に変え、生きる人々から抜け目なく利をつつく公証人の名にしたのだろう。
＊2　このテキスト、(DP 台)共に notariale であるが、正字法では notarile。
＊3　(M手)からのト書。
＊4　(M手)からのト書。

Fiordiligi con Sempronio*1
フィオルディリージはセムプローニオと
e con Tizio*1 Dorabella,
その実妹なる関係の*2
sua legitima*3 sorella
ドラベッラはティツィオと、
quelle dame ferraresi
あちら二人はフェルラーラ生まれの婦人、
questi nobili albanesi
こちら二人はアルバニア出身の貴族、
e per dote e contra dote...
して、持参金ならびに結納金には…

FIORDILIGI, DORABELLA, FERRANDO e GUGLIELMO
フィオルディリージ、ドラベッラ、フェルランド、そしてグリエルモ

Cose note, cose note
分かってます、分かってます、
vi crediamo ci fidiamo
あなたを信じ、お任せします、
soscriviam date pur qua.
署名しましょう、さあ、こちらへください。
(Solamente le due donne sottoscrivono.)
（２人の女だけが署名をする。）

DESPINA e DON ALFONSO
デスピーナとドン・アルフォンソ

Bravi bravi in verità!
結構、結構、まったくもって！
(La carta resta in mano di Don Alfonso.)
（契約書はドン・アルフォンソが手にしたままになる。）
*(Si sente il tamburo.)**4
（太鼓の音が聞こえる。）

＊1　ここに現れた異国人の名 Tizio と Sempronio は、もちろん彼らの固有名詞であるが、この２つの間にもう１つ Caio を加えると、日本語で固有の名を挙げず“甲”、“乙”、“丙”を用いる、ちょうどそれにあたる。もともと３つともに古代ローマで非常に多く存在した名前 ── ローマ皇帝の名にもある ── であったことから、イタリア語の名としては、普通名詞として“誰と特定しない者”、“誰でもいい誰か”、“どうということのない者”、さらには“重要でないつまらない者”を意味するようになった。そして固有名詞を挙げずに、先に記した“甲氏”、“乙氏”、“丙氏”のような使われ方をする。２人の女性の結婚相手はそうした名前の者であるのである。
＊2　この行と次行は原文と日本語訳の順序が入れ替わっている。
＊3　イタリア語の正字法では legittima であるが ── (DP 台)はこの綴り ── 譜面では legitima とある。
＊4　(DP 台)のト書は(Si sente gran suono di tamburo e canto.＝太鼓と歌の大きな音が聞こえる)。

CORO[*1] **合唱**	Bella vita militar! 素晴らしき軍隊生活よ！
	Ogni dì si cangia loco, 日ごと、ところ変わり
	oggi molto, doman poco, 今日はあまた、明日はわずか、
	ora in terra ed or sul mar. ときに陸を、またときに海を。
FIORDILIGI, DORABELLA, DESPINA, FERRANDO e GUGLIELMO[*2] **フィオルディリージ、ドラベッラ、デスピーナ、フェルランド、そしてグリエルモ**	Che romor! Che canto è questo! なんの騒ぎ！これはなんの歌！
DON ALFONSO **ドン・アルフォンソ**	State cheti, io vo a guardar. 静かに、わたしが見にいこう。
	(Va alla finestra.) （窓のところへ行く。）
	Misericordia! なんたること！
	Numi del cielo! 天の神々よ！
	Che caso orribile! なんと恐ろしい事態！
	Io tremo, io gelo! わたしは身が震える、身が凍る！
	Gli sposi vostri... あなた方の許婚が…
FIORDILIGI e DORABELLA **フィオルディリージとドラベッラ**	Lo sposo mio... わたしの許婚…
DON ALFONSO **ドン・アルフォンソ**	In questo istante ちょうど今
	tornaro, oh dio! 戻ってきた、ああ、なんと！

＊1　(DP 台)(lontano＝遠くで)とト書。
＊2　(DP 台)それぞれの名でなく、Tutti(＝全員)としているが、譜面ではドン・アルフォンソはこの台詞に加わらない。

	Ed alla riva そして浜へ
	sbarcano già. もう下船している。
FIORDILIGI, DORABELLA, FERRANDO e GUGLIELMO＊1 フィオルディリージ、ドラベッラ、フェルランド、そしてグリエルモ	Cosa mai sento! 一体、何を耳にした！ Barbare stelle! ひどい運命の星よ！ In tal momento こんなとき che si farà? どうすればいい？
FIORDILIGI e DORABELLA フィオルディリージとドラベッラ	Presto partite. 早く出て行って。
	(I servi portano via la tavola e＊2 *i suonatori partono in furia.)* （召使たちはテーブルを片付け、楽士たちは慌てて退場する。）
FERRANDO, GUGLIELMO, DESPINA e DON ALFONSO＊3 フェルランド、グリエルモ、デスピーナ、そしてドン・アルフォンソ	Ma se ci [li] veggono? でも彼らが我われ（彼ら）を見たら？
FIORDILIGI e DORABELLA＊4 フィオルディリージとドラベッラ	Presto, fuggite! 早く、逃げて！
FERRANDO, GUGLIELMO, DESPINA e DON ALFONSO フェルランド、グリエルモ、デスピーナ、そしてドン・アルフォンソ	Ma se ci [li] incontrano? でも我われ（彼ら）と出くわしたら？

＊1　(DP 台)I quattro Amanti(＝四人の恋人たち)。

＊2　(DP 台)の ～la tavola, e～ が(Bä 版)では“,”と“e”なし。カンマなしはそれで良いが、接続詞 e は文構成のあり方から２つの単文をつなぐためにある方が自然と考え、ここへ補った。

＊3　(DP 台)Gli altri(＝他の人物たち)。

＊4　(DP 台)Le Donne(＝女たち)。女たちとすると、デスピーナも入ることになるだろうか。が、譜面ではフィオルディリージとドラベッラの２人。デスピーナは前註の Gli altri に入る。(DP 台)では、これとこの前の３例のように(実はこれらの前に、第17景冒頭のドン・アルフォンソの次の“フィオルディリージ、ドラベッラ、フェルランド、グリエルモ”を“恋人たち＝Amanti”と、またその先の“６人”には“全員＝Tutti”としたりした例があったが、そこでは註を付さなかった)、人物を名で１人々々表記せずにまとめる方式を時に用いている。この先にもこのような例があるが、必要ならこの４例からお考えいただくことにし、それを註にすることはしないでおく。

FIORDILIGI e DORABELLA
フィオルディリージとドラベッラ

Là là; celatevi,
あっちへ、あっちへ、隠れて、
per carità.
後生ですから。

(Fiordiligi e Dorabella conducono i due amanti[*1] *in una camera. Don Alfonso conduce Despina*[*2] *in una altra camera. Gli amanti escono non veduti e partono.)*
(フィオルディリージとドラベッラ、2人の恋人を別室へ導く。ドン・アルフォンソはデスピーナをまた別の部屋へ導く。恋人たちはこっそり部屋を出て、退場する。)

Numi soccorso!
神様方、お助けを！

DON ALFONSO
ドン・アルフォンソ

Rasserenatevi.
安心なさい。

FIORDILIGI e DORABELLA
フィオルディリージとドラベッラ

Numi consiglio!
神様方、ご忠告を！

DON ALFONSO
ドン・アルフォンソ

Ritranquillatevi.
落ちつきなさい。

FIORDILIGI e DORABELLA
フィオルディリージとドラベッラ

(quasi frenetiche)
(ほとんど正気を逸して)

Chi dal periglio
誰がこの危機から
ci salverà?
わたしたちを救うことに？

DON ALFONSO
ドン・アルフォンソ

In me fidatevi:
わたしを信頼なさい、
ben tutto andrà.
万事うまくゆきますよ。

FIORDILIGI e DORABELLA
フィオルディリージとドラベッラ

Mille barbari pensieri
数々のひどい考えが
tormentando il cor mi vanno,
わたしの心を苛(さいな)んでいるわ、
se discoprono l'inganno,
裏切りが分かったら
ah di noi che mai sarà.
ああ、わたしたちのこと、一体どうなるの。

＊1 (DP 台)li due amanti。
＊2 (DP 台)la Despina in un'altra camera。

SCENA ULTIMA　最終景[*1]

Dorabella, Fiordiligi, Guglielmo e Ferrando con mantelli e cappelli militari ecc.; Despina in camera e Don Alfonso.
ドラベッラ、フィオルディリージ、軍服のマントと帽子等を身につけたグリエルモにフェルランド、別室にいるデスピーナ、そしてドン・アルフォンソ

FERRANDO e GUGLIELMO フェルランドとグリエルモ
Sani e salvi agli amplessi amorosi
つつがなく我らの貞節にも貞節なる[*2]
delle nostre fidissime spose
花嫁[*3]の愛ある抱擁へと、
ritorniamo di gioia esultanti
我らは喜びに酔いしれ戻りきました、
per dar premio alla lor fedeltà.
彼女たちの真心に報いるために。

DON ALFONSO ドン・アルフォンソ
Giusti numi, Guglielmo! Ferrando!
まさかそんな、グリエルモ！フェルランド！
O che giubilo! Qui, come, e quando?
なんたる喜びよ！ここへ、どうして、またいつ？

FERRANDO e GUGLIELMO フェルランドとグリエルモ
Richiamati da regio contrordine,
王の取り消し命令により呼び戻され
pieni il cor di contento e di gaudio[*4]
心、満足と喜びにあふれさせ
ritorniamo alle spose adorabili,
愛し敬う花嫁のもとへ戻りきました、
ritorniamo alla vostra amistà.
あなたの友情のもとへ戻りきました。

GUGLIELMO グリエルモ
[(a Fiordiligi)]
[(フィオルディリージに)]
Ma cos'è quel pallor, quel silenzio?
だがなんだね、その青い顔色、その沈黙は？

＊1　(DP 台)第18景とある。
＊2　この行と次行は“つつがなく”を除いて、原文と日本語訳の語順が入れ替わっている。
＊3　(DP 台)“花嫁 spose”でなく、“恋人 amanti”。脚韻としてはこちらが定型。
＊4　(DP 台)意味は大きく変わらないが、“gaudio＝喜び”でなく“giolito＝船が穏やかに波に揺れるところから発した安泰、休息、歓喜”。

FERRANDO
フェルランド

[(a Dorabella)]
[(ドラベッラに)]
L'idol mio perché mesto si sta?
僕の憧れの人はなぜ悲しげにしている？

DON ALFONSO
ドン・アルフォンソ

FIORDILIGI e DORABELLA
フィオルディリージとドラベッラ

Dal diletto confuse ed attonite
歓喜のため混乱し、茫然として
mute mute si restano là.
あそこで黙り黙っているのだ。
Ah che al labbro le voci mi mancano,[*1]
ああ、とても唇に言葉が出てこない、
se non moro un prodigio sarà.
これで死ななければ、もう奇跡だわ。

(I servi portano un baule.)
(召使たちがトランクを１つ運んでくる。)

GUGLIELMO
グリエルモ

Permettete che sia posto
置かせてください、
quel baul in quella stanza.
あのトランクを向こうの部屋へ。
Dei che veggio! Un uom nascosto?
やっ、[*2]なんとしたこと！ 男が、隠れて？
Un notaio? Qui che fa?
公証人か？ここで何をしている？

DESPINA
デスピーナ

(Esce ma senza cappello.)
(出てくるが、帽子を被っていない。)
Non[*3] signor, non è un notaio;
いいえ、旦那様、公証人ではありません、
è Despina mascherata,
仮装したデスピーナでございます、
che dal ballo or è tornata,
今、舞踏会から戻ったところで
e a spogliarsi venne qua.
着替えるためにここへ来ました。

＊1 (DP 台)独白の(　)あり。
＊2 原文の意は“神々よ”。
＊3 語法上は Non はあり得ず、No, signor が正しいが、(DP 台)、(Bä 版)共に Non。

FERRANDO e GUGLIELMO*1 フェルランドとグリエルモ
Una furba uguale a questa
彼女と同じほど利口な娘は
dove mai si troverà?
一体どこにいよう？

DESPINA デスピーナ
Una furba che m'agguagli
あたしに肩をならべるような利口者は
dove mai si troverà!
一体どこにいるかしら！

FIORDILIGI e DORABELLA フィオルディリージとドラベッラ
La Despina, la Despina!
デスピーナ、デスピーナとは！
Non capisco come va.
どうなってるのか分からないわ。

(Don Alfonso lascia cadere accortamente il contratto sottoscritto dalle donne.)
（ドン・アルフォンソ、女たちが署名した契約書をわざと落とす。）

DON ALFONSO ドン・アルフォンソ
(piano agli amanti)
（恋人たちに小声で）
Già cader lasciai le carte,
もう契約書を落としておいた、
raccoglietele con arte!
うまく拾ってくれたまえ！

FERRANDO フェルランド
Ma che carte sono queste?
はて、これはなんの紙だ？

GUGLIELMO グリエルモ
Un contratto nuziale?
結婚証明書？

FERRANDO e GUGLIELMO*2 フェルランドとグリエルモ
Giusto ciel! Voi qui scriveste:
なんたることだ！君たちここに署名してる、
contradirci omai non vale;
違うと言ってもこれではもう駄目だ、
tradimento tradimento!
裏切り、裏切りだ！
Ah si faccia il scoprimento,
ああ、事が明らかになるようにすべきだ、
e a torrenti, a fiumi, a mari
そしたら奔流のように、川のように、海のように

＊１　(DP 台)ドン・アルフォンソも加わる。
＊２　(DP 台)人物名でなく、a due(＝２人で)としている。

indi il sangue scorrerà.
そのあと血が流れることになるぞ。

(Vanno per entrar nell'altra camera, le donne li arrestano.)
（２人は別室に入ろうとする、女たちは彼らを引き留める。）

FIORDILIGI e DORABELLA フィオルディリージとドラベッラ

Ah, signor, son rea di morte
ああ、あなた様*1、私は死に値する罪人です、
e la morte io sol vi chiedo;
ですから死だけをあなた様*1にお願いいたします、
il mio fallo tardi vedo,
手遅れながら自分の過ちは分かっております、
con quel ferro un sen ferite
その剣で胸をお突きください、
che non merita pietà.
お慈悲に値しない胸を。

FERRANDO e GUGLIELMO フェルランドとグリエルモ

Cosa fu?
何があった？

FIORDILIGI*2 フィオルディリージ

Per noi favelli
私たちに代わって話してもらいましょう、

(additando Despina e Don Alfonso)
（デスピーナとドン・アルフォンソを指して）

il crudel, la seduttrice.
その残酷男に、その誘惑女に。

DON ALFONSO ドン・アルフォンソ

Troppo vero è quel che dice,
彼女の言うことはまさにその通り、
e la prova è chiusa lì.
この証はそっちに閉じ込められている。

*(Accenna alla camera dov'erano entrati lì*3 prima gli amanti.)*
（さっき恋人たちがそこに入った部屋を指し示す。）

＊1　ここで２人は許婚に対して、本来は男性への改まった丁寧な、また時に儀式ばった態度で発する呼びかけの"signor(e)"で"あなた様"と言い、当然使われるはずである親称の"tu"でなく、敬称の"voi"（ここでは人称代名詞の vi、２行先では動詞の ferite として）を使う。彼女たちの心情がどのようか、この言葉使いから知ることができよう。

＊2　(DP 台)ドラベッラも加わる。

＊3　(Bä 版)li であるが、誤植と考えられ、lì と訂正した。(DP 台)はわずかに譜面と異なり、accenna <u>la</u> camera とあり、その後は lì がないことを除いてこのテキストと同じ。

FIORDILIGI e DORABELLA
フィオルディリージとドラベッラ

Dal timor io gelo, io palpito:

恐ろしさに身が凍り、心臓がどきどきするわ、

perché mai li discoprì!

一体なぜ、彼らのことを明かしたの？

(Ferrando e Guglielmo entrano un momento in camera, poi sortono senza cappello, senza mantello e senza mustacchi, ma coll'abito finto ecc.; e burlano in modo ridicolo le amanti e Despina.)

（フェルランドとグリエルモ、瞬時、部屋に入り、それから帽子を被らず、マントをまとわず、髭をつけず、けれど変装の服等はまとって出てくる、そして恋人とデスピーナをおどけた様子でからかう。）

FERRANDO
フェルランド

(facendo dei complimenti affettati a Fiordiligi)

（きざな挨拶をしながらフィオルディリージに）

A voi s'inchina,

あなた様にお辞儀いたします、

bella damina,

美しきお嬢様、

il cavaliere

アルバニアの*1

dell'Albania!

騎士が！

GUGLIELMO
グリエルモ

(a Dorabella)

（ドラベッラに）

Il ritrattino

小さい絵姿を

pel coricino

ハート型と交換に

ecco io le rendo,

さあ、私は貴方様*2にお返しします、

signora mia.

我がご婦人。

＊1　この行と次行は原文と日本語訳の順序が入れ替わっている。

＊2　これの前のフェルランドは、異国人を装っていた場面同様、二人称に敬称の voi を使って前に起こった場面を知らせようとするが、グリエルモはここでの二人称に Lei(補語人称代名詞の le の形で)を使う。"Lei"は、既出の註にも記したが、voi にも勝る敬称であるものの、敬意、丁寧、尊重の念ばかりでなく、反面、時によって、そこに冷たく親しみに欠ける感情が入ることもある。グリエルモが前の異国人の場面(voi を使っていた)と変えて、ここで"Lei"で語りかけることから、彼の皮肉と複雑な思いを感じ取ることができようか。

FERRANDO e GUGLIELMO
フェルランドとグリエルモ

(a Despina)
（デスピーナに）
Ed al magnetico
そして磁石療法の
signor dottore
お医者殿には
rendo l'onore
なされたことにふさわしき*1
che meritò.
敬意を表します。

FIORDILIGI, DORABELLA e DESPINA
フィオルディリージ、ドラベッラ、そしてデスピーナ

Stelle, che veggo!
まあそんな、どうしたこと！

FERRANDO, GUGLIELMO e DON ALFONSO
フェルランド、グリエルモ、そしてドン・アルフォンソ

Son stupefatte!
彼女ら、仰天している！

FIORDILIGI, DORABELLA e DESPINA
フィオルディリージ、ドラベッラ、そしてデスピーナ

Al duol non reggo!
情けなさに耐えられないわ！

FERRANDO, GUGLIELMO e DON ALFONSO
フェルランド、グリエルモ、そしてドン・アルフォンソ

Son mezze matte...
彼女ら、半狂乱だ…

FIORDILIGI e DORABELLA
フィオルディリージとドラベッラ

(accennando Don Alfonso)
（ドン・アルフォンソを指して）
Ecco là il barbaro
ほら、あそこです、ひどい人は、
che c'ingannò.
あの人がわたしたちを騙（だま）したのです。

DON ALFONSO
ドン・アルフォンソ

V'ingannai, ma fu l'inganno
わたしはあなたらを騙した、だが騙すことが
disinganno ai vostri amanti,
あなた方の恋人には妄想からの目覚めになった、

＊1　この行と次行は原文と日本語訳の順序が入れ替わっている。

che più saggi omai saranno
　今や彼らはより賢いだろう、
che faran quel ch'io vorrò.
　彼らはわたしがこれから望むことをやってくれるだろう。
(Li unisce e li fa abbracciare.)
　（恋人たちを引き寄せ、抱擁させる。）
　Qua le destre: siete sposi!
　　ここへ手を、あなた方は新郎新婦だ！
Abbracciatevi, e tacete.
　抱き合いなさい、そして黙って。
Tutti quattro ora ridete,
　四人とも今はもう笑うことだ、
ch'io già risi e riderò.
　わたしとてすでに笑い、これからも笑うのだから。

FIORDILIGI e DORABELLA フィオルディリージとドラベッラ
　Idol mio, se questo è vero,
　　わたしの愛してやまぬお方、これが本当なら
colla fede e coll'amore
　貞節を捧げ、愛を捧げ
compensar saprò il tuo core,
　あなた[*1]のお心に償(つぐな)いをきっとします、
adorarti ognor saprò.
　いつまでもあなたをきっと愛し崇めます。

FERRANDO e GUGLIELMO フェルランドとグリエルモ
Te lo credo, gioia bella
　それを信じよう、美しき喜びの人、
ma la prova io far non vo'.
　だが僕は確かめることはもうしたくない。

DESPINA デスピーナ
　Io non so se veglio o sogno,[*2]
　　覚めてるんだか夢みてるんだか分からないわ、
mi confondo e mi vergogno.
　混乱しちまって、みっともないこと。
Manco mal, se a me l'han fatta,
　でもまあ、いいわ、あの人たちがあたしを騙したのなら

＊１　ここから２人は相手に対し親称の二人称"tu"（ここでは所有形の tuo、補語人称代名詞の ti）に戻る。
＊２　(DP 台）この行は"Io non so se questo è sogno＝あたしはこれが夢かどうか分からないわ"。

ch'a molt'altri anch'io la fo.
だったらあたしも大勢ほかの人を騙してやるわ。

FIORDILIGI, DORABELLA, DESPINA, FERRANDO, GUGLIELMO e DON ALFONSO
フィオルディリージ、ドラベッラ、デスピーナ、フェルランド、グリエルモ、そしてドン・アルフォンソ

Fortunato l'uom che prende
こうした人間は幸せ者、
ogni cosa pel buon verso,
物事すべて、その良い面を受け入れて
e tra i casi e le vicende
どんな運命、どんな出来事に遭おうとも
da ragion guidar si fa.
理性により切り抜ける[*1]人間は。
Quel che suole altrui far piangere
ふつうなら人を泣かすことも[*2]
fia per lui cagion di riso,
こうした人間には笑いの種、
e del mondo in mezzo i turbini
世の激しい渦のなかにあって
bella calma troverà.
素晴らしき静けさを見出せよう。

Fine dell'Opera　オペラ終り

＊1　原文の意は“理性によって導いてもらう／理性に導かせる”。
＊2　原文の意は“他の人(＝altrui＝前詩節４行のようでない人)を泣かすのが常であること(も)”。

第1版への「訳者あとがき」

このオペラ対訳シリーズで私がイタリア語台本の対訳を手がけて5冊目、いよいよ《コシ・ファン・トゥッテ》となりました。いよいよ……。いつかこの台本はシリーズでとりあげられる、そのときは対訳をさせていただきたい、内心そう思いながら、そのとき私にそれができるものだろうかと恐れてもいました。生まれてから二百年あまり、その半分以上を不当な不遇のうちに過ごしたというこの作品も、今はオペラ全レパートリー中の傑作と考えられ、多くの優れて高尚な研究や作品解釈や楽曲分析の書があり、それらをいくつとなく読むうち、じつに美しく官能的な音楽に酔い、若い姉妹と士官のふるまいに知恵者と小間使いと一緒に笑い、ふと真実をのぞく悲哀を感じるといった態度でしか鑑賞してこなかった者には、これはとても手強い深遠なオペラだと分かってきたからでした。それに対訳はすでに立派な労作が何種類もあります。では、私に何ができるでしょうか。

この作品を聴き、台本を読み、それをくりかえすと、このことは多くの研究書でも指摘されていますが、ダ・ポンテの台本はモーツァルトが音楽で表現することはわざわざ台詞にしていないということに気づきます。ダ・ポンテがモーツァルトに提供した他の2作品、原作のあった《フィガロの結婚》、下敷きになる物語のあった《ドン・ジョヴァンニ》と異なり、《コシ・ファン・トゥッテ》は彼の創作台本のようです。ということは、モーツァルトが「オペラの詩句は音楽に従順にしたがう娘でなければならない」としたオペラ台本への期待にダ・ポンテが十分に副うことができたのだと思われます。台本がやらなければならないことはやり、やっていけないことはやらない、つまり音楽が表現することは言葉で語りすぎないということを実現しているわけです。そこで私が考えたのは、台本が何を語り、音楽がそこにどのように付され、さらに言外の表現を音楽がどれほどどのようになしているかを聴き分けながらこのオペラのドラマを知るためには、やはり《コシ・ファン・トゥッテ》の場合も、この対訳シリーズで私がこれまで基本方針としてきたテキストの徹底した逐語訳、原文に忠実に、原文に何も加えず、引かず、原文の各行ごとにそれに対応する日本語をおくという作業を試みることに意味があるだろうということでした。とはいえ、さまざまな仕掛けがひそむこのオペラでは、厳密に分析的に台本を読むとともに、何が現実で何が芝居か、芝居のなかでも何が本気で何が見せかけか、どこまでが喜劇でどこから悲劇なのか、直感的に感じていただくことがより深い理解につながるかも知れません。いずれにしても、原語に忠実にしたがったならどのような表現をしている台本であるのか、一度は台本理解のために通る道筋として見ていただけたならと思います。

ただ、直訳ということは言語体系の異なる二か国語のあいだでは非常にむずかしく、結果として訳文に不自然で意味の取りにくい箇所がしばしば生じてしまいます。読みにくいとお叱りを受けるかもしれませんが、私としてはこの対訳は原文をそのまま知っていただくためのものとしてご容赦いただけるようお願いしたいと思います。──(以下８行中略)──

この対訳のテキストの選択に際しては、髙崎保男氏にご意見を仰ぎました。その結果モーツァルト新全集のベーレンライター版の総譜を基底としました。それにより対訳をすすめるうち、私には３つの疑問点が生じて解決がつきませんでした。これについては海老澤敏氏にご教示をいただくことができました。賜ったお教えは本文中の註に記しましたが、私の疑問について、海老澤氏はご自身の意見をお述べくださるにとどまらず、より広い考えを得るためにと、オーストリアでのモーツァルト会議の機会に氏と親交のあるモーツァルト新全集編集委員でおられるヴォルフガング・レーム氏とフェイ・ファーギュソン氏、国際モーツァルテウム財団事務局長兼学術部長のルドルフ・アンガーミュラー氏に、やはり氏とお親しい演出家で元ケルン市立劇場総監督のミヒャエル・ハンペ氏には来日の折に、ご意見をお尋ねくださいました。本文中の註はそうした海老澤氏のご好意あふれるお教えの結果です。氏のおかげで疑問が解決し、そこには氏の親友の方々のご高見も反映しているとは、これほど幸せなことはありません。心より感謝いたし、お礼を申し上げます。

今回の対訳についても、髙崎氏にはテキストの選択をはじめ多くのご指導をいただきました。心より感謝申し上げます。語学上の疑問については、確かなラテン語の素養をよりどころとするイタリア語の深い知識と鋭い感覚をもつマルコ・ビオンディ氏が懇切に答えてくださいました。氏の助けなしには対訳の完成に至りませんでした。ありがとうございました。編集と校正の労をとり、くじけそうになる私を励ましてくださいました池野孝男氏にも感謝いたします。音楽之友社の石川勝氏には私の我がままを多々お許しいただき、またよりよい対訳のためにといろいろご配慮をいただきました。ありがとうございました。

対訳には自分なりの注意を注いだつもりですが、浅学の身のこと、不備、間違いなどあるかと思われます。読者の皆様にもお気づきの点がありましたらご指摘、お教えをいただきたくお願い申し上げます。

2002年８月５日　対訳者

改訂新版を出版していただくにあたって

オペラ対訳ライブラリーから《コシ・ファン・トゥッテ》第1版が出て16年目になりました。同じダ・ポンテ／モーツァルトの《フィガロの結婚》が第1版から15年で音楽之友社の英断あって改訂新版出版の運びとなり、この度はダ・ポンテ／モーツァルト3部作と称されるものの三番目であるこの作品を出していただけることとなりました。

第1版も多くの方々にお読み、お使いいただきながら、新版を望みましたのは、3部作のうち他と異なりダ・ポンテのオリジナルと言われる台本（リブレット）にのぞく彼のイタリア文学への情愛を、ほんの片鱗でも、註に記したかったから、そして何より、第1版で対訳者の力不足とシリーズの編集方針の諸事情から叶わなかった、イタリア詩の定型に則った原文テキストを作成したかったからでした。本文の註にも記しましたように、テキストの基底はモーツァルト新全集のベーレンライター版ですが、その元は、イタリア詩の韻律と詩節の慣わしに沿ったダ・ポンテの端正な定型詩であり、そうであればそれを新たに作成したテキストで目にしていただけますなら、大きな喜びです。テキスト作成にあたっては、イタリア詩作詩法やイタリア・オペラ台本に造詣が深く、台本朗唱の実践指導者でもあられるエルマンノ・アリエンティ氏から、詩型の重要性への熱意こもるご協力を賜りました。

改訂新版がこの形に至るまで、あれこれ望み、迷い、作業がなかなか進まぬ対訳者を励まし、時に叱咤し、そして校閲、編集、校正の任を偏に担ってくださいましたのは石川勝氏でした。心より感謝申し上げます。また先のアリエンティ氏にはイタリア語詩句解釈上の疑問解決のためにもお助けを賜りました。ただただ感謝の気持ちです。改訂新版出版への道をお開きいただき、進行を忍耐強くお見守りくださった音楽之友社の塚谷夏生氏にも心よりお礼を申し上げます。少し目の不自由な対訳者を校正等でお助け、お力づけくださった後輩の稲田啓さんも、ありがとうございました。

この対訳書は、シリーズの対訳者個人の基本方針である徹底した逐語訳ですが、またそれがためにお読みくださる方々、お使いくださる方々に、原詩の詩句をあるがままに日本語でお伝えできれば幸いと考えます。改訂に際しては、第1版の対訳の不備・誤り等、手を入れましたが、浅学、不注意な対訳者のこと、読者の方々のご高見やお教えを賜れるものならと念じております。

2018年5月25日　対訳者

訳者紹介

小瀬村幸子（こせむら・さちこ）

東京外国語大学イタリア科卒業。同大学教務補佐官、桐朋学園大学音楽学部講師、昭和音楽大学教授、東京藝術大学音楽学部オペラ研究部非常勤講師を歴任。著書に『オペラ・アリア 発音と解釈』（音楽之友社）、『伝統のイタリア語発音』（東京藝術大学出版会）など。訳書に、R. アッレーグリ『スカラ座の名歌手たち』（音楽之友社）、C. フェラーリ『美の女神イサドラ・ダンカン』（音楽之友社）、R. アッレーグリ『真実のマリア・カラス』（フリースペース）、同『カラス by カラス』（音楽之友社）、同『音楽家が語る51の物語』（フリースペース）など。また、イタリア・フランス語オペラの対訳および字幕、イタリア語歌曲の対訳および訳詞は数百曲におよぶ。そして本書のシリーズである「オペラ対訳ライブラリー」には『プッチーニ トゥーランドット』『プッチーニ ラ・ボエーム』『ヴェルディ リゴレット』『ヴェルディ イル・トロヴァトーレ』『ヴェルディ アイーダ』『ヴェルディ オテッロ』『ヴェルディ ファルスタッフ』『モーツァルト フィガロの結婚（改訂新版）』『モーツァルト コシ・ファン・トゥッテ』『モーツァルト ドン・ジョヴァンニ』『マスカーニ カヴァレリア・ルスティカーナ／レオンカヴァッロ 道化師』がある。

オペラ対訳（たいやく）ライブラリー

モーツァルト コシ・ファン・トゥッテ 改訂新版（かいていしんぱん）

2018年 8 月10日　第 1 刷発行
2024年 1 月31日　第 3 刷発行

訳　者　小瀬村幸子（こせむらさちこ）
発行者　時枝　正

東京都新宿区神楽坂6-30
発行所　株式会社 音楽之友社
電話 03(3235)2111㈹
振替 00170-4-196250
郵便番号 162-8716
http://www.ongakunotomo.co.jp/
カバー・表紙印刷　星野精版印刷
本文組版・印刷　星野精版印刷
製本　ブロケード

装丁　柳川貴代

Printed in Japan
乱丁・落丁本はお取替えいたします。

ISBN978-4-276-35582-8 C1073